Eduard von Keyserling

Une expérience amoureuse

traduit de l'allemand
par J. Chambon

Éditions Jacqueline Chambon

3 août 1900

À présent, je dois écrire le livre, je le sens clairement. Les pensées commencent à se faire lourdes, à peser, comme pèsent sur les branches les fruits mûrs. À trente-deux ans, c'est une évolution qui n'est pas encore terminée. Le trait que je dois tirer sous ma vision du monde ne saurait être définitif. Pourtant, en moi tout est prêt et veut être extériorisé, veut se tenir, comme un autre, à côté de moi. Je dois lc prendre dans mes bras comme une mère, l'enfant qu'elle a mis au monde.

Bien ! Je voulais écrire mon livre et je disposai ma vie pour ce faire. À une telle époque, nous devons mettre de l'ordre dans notre existence comme le font les femmes qui attendent un enfant et savent que désormais elles ne vivront plus seulement pour elles-mêmes. Le plein été est une saison favorable. La rue sous ma fenêtre est silencieuse et inondée de rayons de soleil d'un jaune aveuglant. Les chiens couchés sur la pierre chaude dorment, étendus de tout leur long. Les enfants sont assis sur le seuil des maisons, les mains nouées autour de leurs jambes et, dans cette canicule, ils restent eux aussi silencieux et engourdis. Les rares passants rasent les murs, pour trouver refuge dans l'étroite bande d'ombre que forment les avant-toits. De ce monde insupportablement éblouissant, au souffle brûlant et impur, je sais que je n'ai rien à attendre.

Je tire les rideaux jaunes, faisant naître ainsi une agréable pénombre dorée. Çà et là, par une fente, un mince rayon de soleil étincelant strie la pénombre, et quelques mouches y tournent, bourdonnantes et infatigables.

J'aime les écouter. Cette petite histoire infinie et grincheuse qu'elles se racontent m'apaise. Au club, j'ai annoncé que je partais en voyage, Joseph a ordre de ne laisser entrer aucun visiteur. La plupart d'ailleurs ont quitté la ville, qui donc pourrait venir ? J'ai eu une discussion avec Mme Meirike sur les menus. Elle doit pour l'instant supprimer les lourdes soupes échauffantes qu'elle s'entend si bien à faire, et que j'aime tant. Du bouillon plutôt, beaucoup de volailles, des asperges, de temps en temps un poisson. Je me suis procuré pour ces jours un vin de Moselle plein de mordant. Le tailleur m'a confectionné dans une flanelle d'été de couleur bleue un costume très lâche. Pour les bouquets, je reste prudent, dans mon bureau il ne doit y en avoir aucun. Mais dans la pièce d'à côté une coupe est remplie de roses choux, de saines boules rouges au simple parfum de rose, puissant et frais, sans aucun mélange pervers de thé, de vanille ou de bois de cèdre. Le meilleur moment pour travailler est le matin. L'après-midi, au moment du cigare, je lis quelque chose et, au lieu des gros et lourds Henry Clay, je fume maintenant de petits cigares blonds, quant à la lecture, j'ai choisi Livius. Celui-ci ne me dérange pas, il parle d'une voix si joliment apaisante. Toutes ces décisions me semblent aussi appropriées à leur but que les pièces de bois d'un puzzle qui s'adaptent l'une à l'autre pour donner l'image et l'étendue de l'Empire romain. On en retire une agréable sensation d'ordre qui permet de renverser la tête en arrière et de fermer les yeux... les pensées s'évanouissent... Ce Decius, et cette particularité familiale... de se sacrifier... comme l'arthrite dans d'autres familles... vraiment très... aristocratique. C'est tellement rafraîchissant. Puis je me réveille et je peux me remettre au travail.

Quand, en bas, la rue s'anime, que les enfants recommencent à faire du bruit, ce bruissement de voix stridentes et haut perchées qui ressemble à une volée d'oiseaux ivres, quand la lumière multicolore de l'après-midi arrive de la pièce d'à côté jusqu'à ma chambre, quand la tête de plâtre blanche de Marietta Strozzi rougit... alors je sors faire une promenade... de santé. L'air dans les rues est celui, renfermé et poussiéreux, d'une chambre de malade. Les faubourgs, avec leurs dessus-de-lit gris ou rouges qui s'aèrent aux fenêtres, leur population morne et accablée de chaleur, me sont insupportables. Je sors de la ville et vais m'asseoir dans le jardin d'une petite guinguette. Je me raconte le livre. Et au-dessus du bord de la chope de bière, les gens, les affiches multicolores placardées sur les arbres et les cyclistes me semblent de lointaines petites images étrangères qui ne me concernent nullement. Lorsque s'allument les lanternes, pâles et vitreuses dans le crépuscule, je rentre et j'ai toute la nuit devant moi pour travailler. Je peux alors ouvrir la fenêtre de mon bureau. La rue en bas devient de plus en plus silencieuse... de temps en temps j'entends un... bonne nuit... et le bruit d'une porte qui se referme. Aux fenêtres, les lumières s'éteignent. Là-bas, sous un toit bas, s'élève une haute maison. Au quatrième étage, une jeune fille se déshabille, la fenêtre ouverte. La lumière jaune d'une lampe remplit le rectangle de la fenêtre et j'aperçois une silhouette blanche qui, debout devant un miroir, relève sa longue chevelure très noire pour l'attacher sur la tête. Puis cette lumière s'éteint et je reste seul avec mon livre.

Pour le manuscrit, je me suis fait envoyer un papier très noble, tirant sur le jaune, mat, avec le lis héraldique en filigrane. Sur la couverture, j'ai écrit le titre à l'encre violette, *La Chaîne d'or,* d'après les vers de l'*Iliade* dont parle si mystérieusement Platon.

D'ailleurs, essayez donc, ô dieux, afin de le savoir tous. / À une chaîne d'or suspendue au ciel, / attachez-vous tous, dieux, vous toutes, déesses. / Vous ne sauriez tirer au sol…

Ça devrait aller.

4 août

De petites obligations négligées peuvent devenir très dérangeantes. Nous voulons passer outre, nous voulons les oublier, mais elles s'accrochent, se rappellent à nous par de légères morsures superficielles. Elles sont aussi importunes que les mouches de l'été que nous chassons sans cesse et qui sans cesse se reposent sur le visage. Ce n'est pas le sentiment du devoir… seulement une imperfection dans le mécanisme de notre représentation. Une petite obligation de ce genre m'est aujourd'hui tombée dessus.

J'étais sorti après le repas pour m'acheter une plume d'or. La rue ressemblait à un corridor poussiéreux et surchauffé. Je ne croisai pas un homme. Seuls des chiens, de vieilles semelles et des papiers froissés prenaient le soleil sur le pavé brûlant. Comme je tournais le coin de la rue, une voiture arriva dans ma direction, une jolie petite voiture d'osier attelée de deux poneys isabelle. Un cocher en livrée voyante rouge cerise était assis sur le siège et, sur la banquette, un monsieur qui agitait son panama en criant « Hello, monsieur von Brühlen ». La voiture s'arrêta et je dus m'avancer. C'était le baron Daahlen-Liesewitz, le vieux globe-trotter. Certainement la dernière personne que j'avais envie de rencontrer. Il avait été un ami de mon père et je lui devais une visite. Je l'avais rencontré quelque temps auparavant et je lui avais annoncé que je partais en voyage… et voilà que… « De nouveau ici, dit le baron.

— Oui, je suis de nouveau ici », chose que personne ne pouvait contester. « En plein travail, murmurai-je.

— Vraiment ? Quel zèle ! continua le baron. Bien, bien. Mais les soirées sont libres, n'est-ce pas ? En cette saison on doit profiter des soirées. Moi, la canicule ne me dérange pas. Quand on a déjà dans le sang les bacilles de la fièvre tropicale… on est frileux et on devient nerveux. Venez nous voir, n'est-ce pas ? sans formalité. C'est joli hors de la ville. Je vais le dire à ma femme. Si vous nous laissez tomber, elle sera déçue... Alors ? » Une forte quinte de toux l'interrompit. Il s'était enrhumé pendant son voyage autour du monde. Il me serra la main et repartit. Fâcheux !

Il avait bonne mine, le vieux bougre. Le visage jaune comme un coing. Ce genre de voyageurs souffre toujours du foie. L'épaisse chevelure et la barbe étaient déjà grises mais d'un gris étrangement coloré, comme l'est le poil des jeunes souris. Là-dessus, des yeux brillants de fièvre. Il habitait dans sa belle maison aux portes de la ville et il se faisait soigner par sa jeune femme, le vieil égoïste. Il devait avoir une indigestion de plaisirs des cinq continents. Sa femme était une beauté, selon Fred Spall qui était son parent. D'accord, j'irai demain, l'affaire est réglée... mais passer mes soirées là-bas, ça non ! Je peux en faire un meilleur usage, qu'être assis à côté du vieux Daahlen et de son foie cosmopolite et malade.

5 août

J'ai abandonné le manuscrit de *La Chaîne d'or*. Son heure n'était pas tout à fait venue, je le sais maintenant. Quelque chose exige encore d'être vécu… Doit être vécu, entièrement… sans ménagement… jusqu'au bout… Alors…

Traverser les faubourgs était redevenu un supplice. Comme l'hiver est pur qui chasse les hommes dans leur maison. Toute cette engeance ne se serait pas traînée dans les rues, ni ne se pencherait aux fenêtres, ni ne s'étalerait partout. L'homme est un animal des cavernes qui doit rester dans son trou… ne sortir que le soir à la recherche du butin. Dans la longue allée de châtaigniers, il faisait meilleur. Beaucoup de feuilles jaunes desséchées par la chaleur étaient tombées ; elles crissaient et exhalaient déjà l'odeur de l'automne. Sur les bancs étaient assises des bonnes d'enfants, grosses silhouettes échauffées, bizarrement tachetées d'ombres verdâtres et d'aveuglantes pastilles de soleil. Je dus de nouveau quitter l'allée et marcher au soleil. À droite et à gauche, des champs d'orge remplis de faucheurs. En pantalon de coutil blanc, ils étaient plongés jusqu'aux genoux dans tout ce rouge et tout cet or. Les grillons chantaient follement comme pour couvrir le martèlement et le sifflement des faux.

Sous la lourde lumière de l'après-midi, le château des Daahlen se dressait devant moi, un grand cube sombre presque violent avec sa façade brun café. Au-dessus du portail, sur le frontispice oblique, de grandes femmes de pierre lourdaudes tendaient au soleil leurs énormes seins brun café. Derrière la maison s'élevaient, frais et sombres, les vieux arbres majestueux.

J'avançai d'un pas hésitant sur l'allée gravillonnée qui conduisait au perron. Je m'arrêtai devant un grand parterre où toutes les fleurs de l'été entremêlaient sans ordre leurs parfums : des scabieuses, des pois de senteur, des lis orangés. Un grand chaudron de couleurs flamboyantes. De tout cela montait un parfum très chaud et très doux traversé par l'odeur puissante des plantes aromatiques.

Dans ma vie j'ai beaucoup été dans le monde, cependant, lorsque je dois aller chez des inconnus, j'éprouve toujours une sorte d'appréhension. Cela vient sans doute de ce que je lis trop clairement ce que pense la personne devant laquelle je m'avance... je me vois avec ses yeux. Finalement je me décidai à entrer. Le domestique qui m'accueillit venait sans doute de dormir, car sur l'une de ses joues persistait une tache rouge. Son visage blanc et poreux gardait une inexpressivité pleine de correction, il se disait pourtant : Qu'est-ce qui lui prend à celui-là de courir par cette chaleur. Je trouvai le baron dans un salon déjà envahi par une lumière crépusculaire. Les rideaux rouges étaient tirés devant les fenêtres. Entièrement vêtu de flanelle blanche, il était assis dans un fauteuil. Lui aussi avait une joue rouge et venait sans doute de dormir. Il m'accueillit par une quinte de toux avant de témoigner bruyamment son plaisir de me voir : « C'est parfait... Asseyez-vous. Chaud, le trajet, non ? Mais ici il fait frais... Je m'y entends, je suis un raffiné pour ça. J'ai calculé la fraîcheur des pièces d'une façon pour ainsi dire scientifique. » Il parlait comme quelqu'un qui est resté longtemps silencieux et qui donne de l'exercice à sa voix. De temps à autre, il regardait en direction de la porte et murmurait : « Où est passée ma femme ? » Lorsque des pas se firent entendre dans la pièce à côté, il cria : « Claudia » ... Alors sa femme entra. Une très mince et très fine figurine, haute en couleur — j'admirai la délicate ligne sinueuse des épaules tombantes. La mousseline bleue de la robe épousait si étroitement le corps que ses genoux en marchant frottaient doucement contre l'étoffe ; elle portait à la ceinture un gros bouquet de scabieuses bordeaux. Mais la tête surtout me parut surprenante. Des cheveux roux mousseux entouraient un visage blanc et calme où s'ouvraient de grands yeux d'un brun-rouge, dont la couleur et le velouté rappelaient les pétales de certains chrysanthèmes. « J'ai pris M. von Brühlen dans mes filets », lui dit son mari. Elle s'approcha avec lenteur, très droite, me tendit la main... et, me regardant comme si j'étais un nouveau meuble, elle dit simplement : « Enchantée. » Puis elle s'assit sur le sofa avec aisance, les mains appuyées sur le siège. Le baron reprit son bavardage. « Nous nous tenons au centre de notre solitude comme des araignées, attendant que quelqu'un se prenne à notre toile. De temps en temps, je sors. Je me mets en chasse — c'est comme ça que je vous ai trouvé. Oui, oui. » La baronne me contemplait d'un œil indifférent. Je sentais qu'elle n'attendait pas grand-chose de ce gibier. « Dans la journée nous travaillons à mon grand récit de voyage », continua le baron. « Vous aussi baronne ? » demandai-je. « Oui, moi aussi », dit-elle. Une sorte de perplexité se lisait dans ses yeux. Je savais qu'elle s'étonnait : depuis que je m'étais rassis je n'avais pas une seule fois tourné les yeux vers elle. Bon... je voulais bien la regarder, cela me plaisait, d'ailleurs. Comme sa bouche était jolie... deux étroites lignes rouge clair, aux coins un peu relevés qui, en bougeant, avaient je ne sais quel étrange mouvement... quelle faculté d'expression. À présent, elle souriait légèrement, les lèvres toujours fermement jointes car mon visage sans doute trahissait ma surprise. « Certainement, elle travaille avec moi, reprit le baron, ce que j'écris le matin, elle doit me le lire l'après-midi. — Très intéressant. » Je me tournai vers elle.

« Oh oui », répondit-elle avec une voix aux intonations un peu rauques comme en ont souvent les jeunes filles qui viennent juste de devenir adultes. « Si seulement ces pays n'étaient pas si chauds. » Le baron éclata bruyamment de rire : « Chauds ! Naturellement, nous sommes précisément au cœur de l'Afrique. Ma femme voudrait que j'écrive sur le Spitzberg en été et en hiver, quand il gèle, sur l'Afrique. » Mais son rire déclencha une quinte de toux. Claudia se leva, prit un verre d'eau sur le guéridon, y versa une poudre, le lui tendit et resta à ses côtés, silencieuse et attentionnée, jusqu'à ce que l'accès fût fini. Le domestique apporta le thé, Claudia le versa et, comme son mari ne s'était pas encore remis, elle prit soin aussi de soutenir la conversation en remarquant : « Oui, les soirées sont très belles chez nous. » Mais le baron pouvait à nouveau parler : « Oh, pour le savoir, il faut revenir nous voir. Venez donc souvent... venez tous les jours. Le soir, nos amis sont toujours les bienvenus... après le travail. » Il se remit à parler des nuits très chaudes du Kapland, de grosses fourmis qui dévorent les bottes.

Claudia s'était tranquillement rassise... elle laissait la conversation se dérouler au-dessus d'elle comme une rumeur depuis longtemps habituelle. Je n'écoutais pas non plus. Mais pendant que nous étions assis face à face dans le crépuscule rouge de cette pièce, je sentais clairement que Claudia et moi, chacun pour soi, pensions à la présence de l'autre. C'était ce genre de conversation sans paroles, de corps à corps, d'être à être, secrète mais sûre. Ce que nous disons alors est indifférent, conditionné par ces questions stupides, et le jeu des réponses. Je me levai pour prendre congé. « Ainsi nous vous verrons bientôt, venez donc. Fred Spall, notre cousin, vous le connaissez, vient aussi chaque fois qu'il le peut. » Oui, je connaissais Fred Spall. Comme je prenais mon chapeau et ma canne dans le vestibule, je vis que Claudia se tenait à la porte du salon, les épaules légèrement appuyées au montant. Elle contemplait, par la porte d'entrée ouverte, la scintillante lumière du soir : « Comme il fait clair, dit-elle en plissant les cils, nous vivons tellement dans l'obscurité que nous attrapons des yeux de chouette. » J'étais debout devant elle. Je devais dire quelque chose, je le sentais.

« Sortir maintenant, commençai-je, c'est comme prendre un bain d'or rouge.

— Un bain très chaud, dit-elle pensive.

— Quand le soleil est couché, continuai-je, c'est plutôt une douche froide et bleuâtre. »

À présent, elle souriait vraiment, les lèvres à demi ouvertes. J'en fus heureux et je partis. Comme je contournais le grand parterre multicolore, je vis Claudia debout sur le seuil, mince et bleue. La chevelure flamboyante dans le soleil, la main devant les yeux, elle regardait l'allée. Le lourd vieux portail formait autour de la figurine colorée un sombre cadre de solitude.

Dans la grande allée, l'atmosphère était redevenue respirable. Beaucoup d'enfants et de cyclistes, des ouvriers qui revenaient de la fabrique, des vendeuses en robe claire, un carton à la main. Tous parlaient en forçant leur voix, pour faire du bruit, comme enivrés par le scintillement de la poussière rouge qui remplissait l'air. Je tournai dans une allée latérale à la recherche d'un banc solitaire ; je n'avais plus autour de moi que des massifs de chèvrefeuille couverts de poussière. Une rainette coassait sur une branche, je restai là longtemps, fumant cigarette sur cigarette.

Ce que nous appelons penser est très souvent une occupation où nous intervenons peu nous-mêmes. On est assis et l'on pourrait se croire une lanterne magique dans laquelle une main étrangère introduit les images de verre et les fait lentement aller et venir. Une pièce plongée dans un crépuscule rouge, Claudia entre, avec lenteur et très droite. Claudia s'assied sur le sofa. Claudia me regarde. Elle m'offre du thé. Elle se tient sous le grand portail. Toujours revenaient ces images. C'est étonnant que nous puissions si longtemps penser aux mêmes choses.

Et, en outre, l'impression d'une musique constante qui accompagne, qui elle aussi vient et va sans notre intervention — pas plus que la circulation de notre sang. Je peux à présent comprendre la rainette qui pousse pendant des heures le même coassement. La nuit était tombée. Le silence régnait à présent dans la grande allée. Aux branches pendaient les point lumineux des reverbères allumées.

Je me levai — je commençais à avoir faim — et revins en ville par les petits chemins de traverse. Partout je croisais des silhouettes étroitement enlacées, buvant, main dans la main et en silence, la tiède obscurité. L'auberge Bohrer est en bordure de la ville. Le dimanche, l'endroit est plutôt animé, mais aujourd'hui, lundi, c'était calme. La véranda s'ouvrait sur la vaste plaine, les chemins, les champs. Deux clients seulement y étaient assis, un vieux monsieur qui avait ôté son chapeau... sa calvitie était jaune et brillante à la lumière du gaz... et un homme au visage gris et ridé. Tous deux, attablés en silence devant leur verre de vin, fixaient l'obscurité qui envahissait la plaine. La serveuse, un petit être étiolé aux paupières rougies par l'insomnie, était assise sous un bec de gaz et lisait un livre. Quand je m'installai à une table, elle s'essuya les yeux avec une serviette — le roman l'avait émue —, et vint me demander à voix basse ce que je désirais. « C'est triste ce que vous lisez, mademoiselle ? demandai-je.

— Très triste », dit-elle d'un air affligé. L'aubergiste entra dans la véranda, un jeune homme mince qui portait des lunettes dorées. Devant chacun de nous, les clients, il s'inclina, un profond salut consterné comme si nous étions tous au courant d'un triste événement, puis, debout, il se mit à contempler la plaine obscure. Je revins à mes pensées, mais ici elles contenaient soudain quelque chose de dramatique. J'avais vécu un événement aujourd'hui, c'était certain, mais il se montrait à présent sous un jour tragique. Ce qui était arrivé ne devait pas être pris à la légère. J'ai toujours eu tendance dans la vie à jouer les metteurs en scène, nous ne vivons pleinement notre existence en effet que si nous la comprenons assez pour être notre propre public. Je suis un pédant de la pensée. Que venais-je donc de vivre ? Tomber amoureux... qu'est-ce donc ? Les définitions sont toujours fausses mais elles rassurent. J'éprouve le besoin des étiquettes.

C'est étrangement poignant de contempler de loin la campagne engloutie par l'obscurité. Nous tous, le vieux monsieur, l'homme au visage ridé, l'aubergiste, son vieux chien galeux et moi, regardions au-dehors, tendus. Le chien poussait de temps en temps un aboiement enroué et asthmatique. Les chiens expriment sans doute nos idées. Là-bas, en dessous, ne brillaient que les rares petites lumières de lointains appartements, des points rouges minuscules qui clignotaient tels des signaux de détresse dans le noir. Au-dessus, un ciel vaporeux et de pâles étoiles effacées. Puis, soudain, dans cette obscurité silencieuse, s'éleva une voix... là-bas, au loin, un homme marchait sur un chemin et chantait d'une voix forte et rauque une suite de sons plaintifs, ensuite une petite roulade et de nouveau la la la. Cette voix solitaire paraissait errer, chercher dans le noir. Alors, de l'autre côté de la prairie, s'éleva une deuxième voix, une voix aiguë de femme qui chantait la même suite de notes, la la la, et la petite roulade. Les deux voix se rencontrèrent, se fondirent intimement l'une dans l'autre, prirent confiance dans ce rapprochement. Le vieux monsieur, l'homme au visage ridé, l'aubergiste relevèrent la tête et tendirent l'oreille, le chien pointa les oreilles, la serveuse leva les yeux de son livre. Tous semblaient avoir attendu que les deux voix se rencontrent. Brusquement, le chant s'arrêta. L'obscurité redevint silencieuse. « L'addition », dis-je en me levant.

Sur le chemin du retour, l'idée me traversa : C'est cela bien entendu, ce n'est que cela. Nous avançons solitaires dans l'obscurité, c'est notre vocation. Et nous chantons dans cette obscurité. Et tout à coup quelqu'un répond, chante avec nous, alors nous croyons que la solitude se détache de nous... ce n'est que cela. Dans l'allée, les couples étaient assis sur les bancs, étroitement enlacés, rêvant d'une vie à deux. Avoir formulé cela me rassura. Chez moi, je retrouvai le manuscrit de *La Chaîne d'or* sur le bureau. Je le refermai. Pour l'instant j'avais autre chose à faire. Rien ne devait être changé à l'ordonnance de ma vie. Je dirai seulement à Mme Meirike qu'elle mette plus de fleurs dans les pièces, des fleurs d'été au parfum puissant. Des lupins, des pois de senteur odorants et ces chrysanthèmes brun-rouge aux cœurs d'or tuméfiés.

6 août

Ce matin, quand Joseph en ouvrant les rideaux fit pénétrer dans la chambre un flot de puissants rayons de soleil, je fus étonné de constater combien était lointaine l'aventure d'hier, ou du moins elle se résumait à quelques brèves visions que le soleil matinal repoussait dans un horizon voilé.

Il subsistait cependant en moi la joie inaccoutumée de commencer une journée qui semblait promettre quelque chose d'agréable. Et quand j'eus fini de boire mon thé et de lire les journaux, la visite d'hier chez Daahlen avait presque retrouvé un aspect habituel. Un thé, une jolie femme, rien de plus ? Je ne pouvais plus du tout y trouver le caractère fatal, mystique dont j'étais si sûr hier. Il me revint le souvenir de cette époque où, lycéen, j'étais amoureux durant les vacances d'été de ma cousine Alma et où, chaque matin, je m'éveillais tout joyeux de commencer cette journée d'amour. Mais c'était seulement parce que le matin notre pensée est plus vive et que cette pensée est grossière quand il s'agit de sentiments. Le plus subtil de notre pensée aime le crépuscule comme les yeux de Claudia.

Le matin j'ai l'habitude de travailler. *La Chaîne d'or* pour l'instant est mise de côté. J'ai besoin en ce moment d'un travail facile, plus mécanique. Je vais traduire un dialogue de Platon : *Le Banquet*, un amour passablement pédagogique.

Un signe certain que quelque chose m'était arrivé, j'éprouvais de l'impatience… ce qui me fit bien vite reposer la plume et sortir. J'avais de toute façon à discuter avec mon tailleur. Dans la chaleur torride de midi, je me retrouvai dans une ville qui à cette heure ressemblait à une grande salle commune (mal aérée). Chacun agissait comme s'il était seul. Personne ne s'étonna quand je m'assis sur un banc étranger devant une porte d'entrée étrangère — par les fenêtres basses, je voyais à l'intérieur que la table était mise pour le repas de midi. Des hommes en bras de chemise se penchaient aux fenêtres. Des jeunes filles se tenaient sur les seuils, bâillant et s'étirant, comme dans leur lit. J'y trouvais une distraction. Tout ce monde était pour moi si accessoire, j'étais ici en visite, pour passer le temps. Ma réalité y était extérieure, ma réalité était le salon crépusculaire, la figurine multicolore sous le vieux portail de pierre. Et je me sentis à nouveau très heureux.

La course m'avait fatigué. Après le repas, quand j'eus Livius entre les mains, mes paupières devinrent lourdes. Je le reposai. Les mouches bourdonnaient dans un rayon de soleil, les lupins et les pois de senteur exhalaient un parfum très doux. Un calme d'une sentimentalité précieuse. Mais, curieusement, ce n'est pas à Claudia que je pensais mais à Alma, la cousine de qui, lycéen, j'étais amoureux. Elle portait une robe blanche, large, des écharpes de toutes les couleurs, une natte qui lui pendait dans le dos et des bottines. Quand elle marchait dans les allées du jardin, j'aimais la suivre pour ramasser avec une petite pelle la trace de ses pas sur le chemin ; je recueillais le sable dans une corbeille, et, gagnant un endroit tranquille dans le parc, je le versais sur un tertre, le tertre que j'élevais à Alma… le monument de mon amour.

Je commençai assez tôt à m'habiller pour aller chez les Daahlen. Debout devant le miroir, je fus frappé de voir à quel point notre apparence extérieure, notre visage, nous sont étrangers. Je souris en essayant de mettre dans ce sourire une signification tout à fait intime… je le sentais… monter, chaud, du cœur aux lèvres puis je vis ce sourire… étranger, incompréhensible à moi-même. Notre apparence extérieure exécute bien les ordres que lui donne notre être, mais ne le fait que très superficiellement. Pour cela, mon visage régulier, un peu solennel, n'est, je crois, pas assez malléable, si l'on excepte les yeux gris-bleu au regard d'une intensité sérieuse… qui exécutent mieux mes ordres.

Le soleil se couchait quand j'arrivai à la grande allée. L'odeur des feuilles desséchées par la canicule sur le chemin, les avoines mûres qui s'élevaient en gerbes dans les champs, me rendirent à nouveau tout ce que j'avais vécu hier.

Dans la maison, les rideaux aujourd'hui étaient ouverts. Les fenêtres et les portes vitrées donnant sur la véranda étaient ouvertes elles aussi. Du jardin en contrebas, de l'ombre des vieux arbres puissants soufflait une fraîcheur un peu humide. De la porte de la véranda, Claudia s'avança vers moi. Elle portait sa robe bleue et un collier de corail autour du cou. Les yeux brun-rouge posèrent sur moi le même regard d'attente tranquille. « Oh, dit-elle, comme c'est gentil d'être venu. Mon mari sera ravi. Il est monté dans sa chambre afin de corriger le manuscrit que nous avons lu aujourd'hui. » Nous nous appuyâmes à la rambarde de la véranda pour contempler le jardin. « Oui, dis-je, j'ai été heureux toute la journée en pensant à ce moment. »

Je fus étonné que cela soit venu si simplement, car je m'étais attendu à quelque chose de beaucoup plus compliqué.

« C'est joli ici aujourd'hui, remarqua Claudia, il y a déjà un peu de lune. » Le soleil était couché, l'air devenait bleu. Au-dessus de la cime déchiquetée des grands érables était suspendu un blanc et étroit croissant de lune. Nous étions silencieux. Rester appuyé à la rambarde en regardant en bas la pénombre et en percevant sa présence était étrangement apaisant. Mais il fallait bien finir par dire quelque chose.

« Comme l'obscurité de ces allées est mystérieuse, commençai-je, j'entends même des grenouilles là-bas. »

Claudia inclina la tête : « Il y a en bas un petit étang. Les grenouilles, oui, je ne les entends presque plus, j'y suis trop habituée. Les allées, oui, elles sont très mystérieuses, plus tard dans l'année, quand les feuilles crissent, elles deviennent presque inquiétantes. Mon mari ne doit pas sortir le soir. J'aime aller me promener dans l'obscurité.

— Seule ? demandai-je.

— Oui, dit-elle, ou plutôt non, Julchen me suit.

— Julchen ?

— Oui. Vous ne la connaissez pas, naturellement. Notre gouvernante. Elle est ici depuis longtemps.

— Julchen, un nom si rassurant. Je pense que rien d'inquiétant ne peut arriver tant que Julchen vous suit. »

Elle esquissa un sourire.

« Seigneur ! Je suis tellement habituée à Julchen, que je l'oublie. C'est comme pour les grenouilles.

— J'aimerais voir cette Julchen, dis-je.

— Je vous la montrerai », répondit Claudia.

Nous nous tûmes à nouveau...

En bas, près de l'étang, un oiseau d'eau se mit à chanter, toujours la même note claire, et des allées sombres et humides du parc monta jusqu'à nous je ne sais quelle tristesse. J'éprouvai soudain une grande pitié pour cette jeune femme solitaire sur les chemins crissants des soirs d'automne… une pitié cependant qui me fit presque du bien physiquement. C'était pour moi nouveau et intéressant. Mais n'est-ce pas toujours ainsi quand nous nous rapprochons d'une autre existence.

« Et ensuite ? demandai-je. Claudia rejeta un peu la tête en arrière pour me regarder.

— Comment ?

— Je veux dire, que faites-vous après cette promenade ? »

Je l'interrogeais comme on interroge une petite fille sur sa journée. Comme si j'avais un droit de propriété sur cette vie.

« Ensuite, dit-elle en haussant légèrement les épaules, je fais la lecture à mon mari.

— Toujours le manuscrit ?

— Non, d'autres récits de voyage. Il aime dépister les erreurs des autres. Il dit que les autres mentent.

— C'est bien possible.

— Oui, ils en sont bien capables », dit Claudia, d'une voix infiniment indifférence.

Derrière nous résonna la voix rauque de Daahlen. « Mon cher, essayez donc de faire dix kilomètres sur ces pierres », il parlait avec le baron Spall… Fred Spall. Il me salua très bruyamment : « Ah, c'est très bien. Ainsi, nous vous avons aussi attrapé. Comme c'est agréable. C'est beau ici, n'est-ce pas ? Quel jardin ! Le bosquet sacré mystique. » Il s'adressait à moi avec animation.

Je ne l'écoutais pas, mon regard passait au-dessus de lui pour regarder Spall s'appuyer sur la balustrade à côté de Claudia, se pencher sur elle avec familiarité — c'était son cousin — et lui parler en riant. Claudia regardait droit devant elle et sa jolie bouche tressaillait bizarrement comme si elle était au supplice. Naturellement, je comprenais. Spall était amoureux d'elle et elle ne l'aimait pas, le beau Spall, avec son mince visage de fille, ses yeux langoureux et ses boucles blondes brillantes. Dans le joli visage de fille, le monocle sur l'œil gauche et le malicieux sourire sur les lèvres rouges de gamin prenaient un air presque fantomatique.

« Et le repas, Claudia, mon enfant, cria Daahlen, il est encore loin ?

— Tout de suite, dit Claudia, Julchen est allée chercher le vin. » Daahlen rit très fort. « Très bien, notre providence s'appelle Julchen. Nous errons dans le bosquet sacré, et Julchen prend soin de nos corps. »

Le dîner fut très soigné, Daahlen riait en expliquant et en énumérant les plats des cinq continents. Il laissait à peine la parole aux autres. Seul, Spall l'interrompait de temps en temps pour faire part d'une nouvelle de la ville. Daahlen l'interrogeait plus avant et ils se mettaient à médire sauvagement. Je me taisais autant que possible, il m'était agréable de me taire en même temps que Claudia comme si notre silence créait une complicité entre nous. Claudia se penchait très bas sur sa cuillère, mangeant avec attention les bonnes petites choses, les œufs à la Meyerbeer, le poulet aux écrevisses.

« Vous aimez manger ? lui demandai-je à mi-voix.

— Oui, dit-elle sur un ton sérieux, lorsque c'est un peu amusant. »

Spall, qui avait entendu, se mit à rire :

« Voilà du Claudia tout pur, exiger de ce pauvre poulet qu'il se laisse manger et en plus que ça l'amuse. »

Il la regardait avec des yeux langoureux comme si elle lui appartenait. Claudia rougit légèrement en avançant boudeusement la lèvre inférieure, à la manière d'une méchante petite fille :

« Eh bien oui, pourquoi pas.

— Purement féminin, pontifia Daahlen. Les femmes disent comme les Romains aux gladiateurs : Meurs, mais plais-moi. Cela me rappelle les... nègres. »

Je n'écoutais pas comment cela se passait chez les nègres, je pensais à Spall. Celui-ci, je n'avais pas à m'en inquiéter.

Non mon cher, tu ne t'approcheras pas d'elle, avec ces yeux qui ne gardent aucune distance !

Les fenêtres étaient ouvertes sur le jardin. La profonde obscurité des grands arbres pénétrait à l'intérieur. Au-dessus des cimes noires, le croissant de lune mettait à présent une puissante luminosité blanche.

« Écoutez les grenouilles... notre musique de table », dit Daahlen.

Après le repas, nous allâmes à nouveau dans la véranda et nous assîmes dans de confortables fauteuils d'osier. Le domestique apporta du punch glacé dans une coupe d'argent. Le grand calme de la nuit imposa un instant silence à Daahlen. Mais bientôt il se tourna vers moi et se mit à raconter une nuit de lune au Congo. Claudia et Spall étaient assis un peu à l'écart. Spall parlait à voix basse. Claudia lui répondit une fois, rapidement et durement, me sembla-t-il. Tu travailles pour moi, mon cher, pensai-je. J'étais étonné de me sentir si heureux et si serein. Spall se leva : « Viens, dit-il, allons voir les grenouilles. » Claudia se leva, fit quelques pas, puis se retourna fébrilement... je ne me trompais pas, elle cherchait mon aide. « Ah, monsieur von Brühlen, je voulais vous montrer l'étang. » Je me levai, un peu hésitant. Pouvais-je laisser Daahlen seul ? À la lumière qui tombait dans la véranda par la porte ouverte, je vis clairement le joli visage de Spall faire la grimace. Il se retourna vivement et se rassit dans son fauteuil. « Bien, dans ce cas je ne peux pas laisser Daahlen tout seul. Nous faisons un écarté ? » Claudia et moi descendîmes au jardin. Je me sentis d'abord un peu gêné d'être seul avec elle dans la nuit. Sous les arbres, il faisait froid comme sous la voûte d'une église, et très sombre. Je ne percevais que le faible bruit de ses pas et celui de la légère traîne de mousseline sur le gravier. Puis nous nous mîmes à parler du jardin, de la canicule et des lavandes, je crois, qui, de la terrasse, embaumaient jusqu'à nous. Nos voix étaient polies et calmes, mais je sentais que l'obscurité nous reliait étroitement. Nous étions beaucoup plus proches l'un de l'autre que ne l'étaient nos voix ; je le sentais aussi clairement que si j'avais pris dans les miennes sa main, étroite et froide comme un pétale nocturne ; je le sentais aussi clairement que si j'avais mis mon bras autour de sa taille ; le bouquet de scabieuses à sa ceinture devait à présent être humide de rosée. Dieu, le véritable contact extérieur n'est jamais que le dernier symbole, l'ultime abandon du dialogue secret de nos corps. Je ne sais pas comment la conversation en arriva là, mais Claudia dit : « Vous vous appelez Magnus ?

— Oui, Magnus ! répondis-je. Je le déplore. On n'a pas idée de s'appeler Magnus.

— Un prénom de famille ?

— Oui, il en va avec le prénom comme avec les tâches de rousseur qu'a eues une aïeule et qui resurgissent toujours.

— Je n'aime pas mon nom non plus, dit Claudia songeuse. Claudia sonne comme... comme quelque chose qui ne vit pas.

— Claudia », répétai-je, essayant de prononcer son prénom avec une intonation musicale, mais sans succès. « Avant de vous connaître, il évoquait pour moi une grande silhouette romaine, sévère, vêtue de plis droits.

— Et maintenant ?

— Maintenant — j'ai lu ce prénom hier dans Livius et j'ai senti soudain le parfum du grand parterre qui se trouve devant votre perron.

— Oh, dit Claudia, il sent la solitude.

— La solitude ?

— Oui, vous ne trouvez pas ? Quand le soleil aveuglant de l'après-midi tombe dessus et que les fleurs se mettent toutes ensemble à sentir trop fort, c'est si solitaire, si solitaire. »

Nous nous étions arrêtés au bord de l'étang, l'eau était recouverte d'un tapis de plantes vertes. La lune posait une faible lueur blanche sur la surface noire.

« Qui se tient là-bas ? » demandai-je... En effet, au milieu de la mare se dressait une grande silhouette sombre qui paraissait tendre les bras dans les ténèbres.

« La-bas, dit Claudia, c'est une Danaïde de pierre, mais ses mains sont brisées ainsi que le tonneau percé.

— Alors, elle peut enfin se reposer », remarquai-je. Claudia esquissa un sourire. « Oui, oui, maintenant elle peut se reposer. »

Nous suivions lentement la rive, écoutant les grenouilles qui sous le tapis de plantes bavardaient, racontaient avec ardeur, chacune coupant la parole à l'autre. J'étais dans un état d'esprit tout à fait invraisemblable, très loin de ce qui d'habitude me paraissait la réalité, seul avec Claudia dans ce monde crépusculaire empreint d'une sorte de souffrance, mais une souffrance que j'avais à supporter avec Claudia, comme si nous suivions ensemble, étroitement unis, un chemin de croix. Telle est, je crois, la description exacte de mon état. Claudia tourna sous une charmille sombre qui, par une légère obliquité, ramenait au château. L'obscurité me la rendait à nouveau aussi proche que si j'étreignais son corps léger, que j'embrassais sa bouche merveilleusement froide.

« Vous aimez la solitude, baronne ? demanda ma voix avec politesse.

— Mon Dieu ! répondit Claudia. J'y suis habituée, autant qu'à...

— Julchen », achevai-je.

Elle sourit. « Oui... à Julchen.

— Vous avez été souvent seule ? » ma question était peut-être trop impertinente.

« Ce n'est pas cela, dit-elle. On est seul, je crois, quand on attend. On est assis et on attend. Attendre nous rend solitaires.

— Très juste », coupai-je, ce qui manquait de style.

« Chez nous, à la maison, continua Claudia, nous étions cinq sœurs, à seulement un an d'intervalle, nous étions toujours ensemble. Nous sortions peu, nous n'aimions pas non plus aller au village. Nos robes nous allaient si mal. Je crois que ma robe de confirmation était la première que mes deux sœurs n'avaient pas portée avant moi, j'étais la plus jeune. Il n'y avait pas d'argent, et nous devions nous montrer très économes. » Elle eut le ricanement dur des filles pas encore adultes.

« Oh ! dis-je seulement, tant j'étais désolé.

— Un jeune cordonnier s'écriait, en nous voyant passer... Voilà les cinq gravures de mode. Nous n'étions pas aimées. Même à la maison, chaque fois qu'il arrivait quelque chose, c'était toujours la faute des cinq comtesses. »

J'aurais voulu dire quelque chose, pourtant je ne dis rien, mais à cet instant j'aimais Claudia très fort.

« Nous vagabondions ainsi dans le grand jardin », raconta encore Claudia et je crus entendre à sa voix qu'elle souriait. « On ne faisait pas grand-chose pour ce jardin. On plantait des choux et on enlevait la mousse des arbres fruitiers. Mais il y avait beaucoup de groseilles à maquereau. Elles aussi avaient dégénéré, elles étaient devenues petites et poilues. Nous aimions bien nous allonger à côté. Quand le soleil donne sur les groseilliers, cela sent la laine chaude, n'est-ce pas ?

— Oui, je m'en souviens.

— Et c'est si solitaire, nous étions allongées, mangeant les petites baies poilues, et nous attendions que quelque chose arrive. » Dieu ! Comme je les voyais clairement, les jeunes filles aux cheveux roux, aux robes mal coupées avec leurs jolis visages pleins d'attente, à côté des groseilliers ensoleillés.

« Et quelque chose arrive toujours, dis-je.

— Oui, naturellement, répondit Claudia.

— Et ensuite, continuai-je en soulignant les mots, ensuite nous n'avons plus qu'à obéir. » Les mots jaillirent peut-être un peu vivement.

Claudia s'arrêta. Sa voix était maintenant basse d'émotion : « N'est-ce pas, il le faut, c'est cela même, il n'y a plus qu'à le faire. »

C'était, je crois, quelque chose de décisif que j'avais dit là.

Nous débouchâmes de l'obscurité des arbres sur la terrasse devant la maison. Dans la véranda, comme une petite photographie sépia dans toute cette noirceur, nous vîmes les deux messieurs assis, avec les verres de punch posés à côté des cartes, à la lueur de deux bougies qui éclairaient leurs profils. Autour de la tête de Spall les boucles blondes mettaient un délicat éclat doré. Claudia rit gaiement. « C'est joli », dit-elle. Je fus étonné qu'après l'émotion que nous avions tous les deux ressentie elle pût rire ainsi. Quand nous pénétrâmes dans la véranda, Spall dit d'un ton moqueur : « Alors, on a fait dans le lyrique ? » En disant ces mots il regardait Claudia avec un curieux regard concupiscent de propriétaire. Claudia fit demi-tour et retourna dans l'ombre près de la balustrade. Tu la pousses furieusement vers moi, mon cher, pensai-je.

« Fameux, là en bas, commença Daahlen, de l'atmosphère, mais trop d'atmosphère. J'appelle cela la dépression de guinguette. »

Bientôt, Spall et moi prîmes congé. En chemin Spall remarqua :

« Une femme merveilleuse, ma cousine.

— Une dame charmante », répondis-je. C'était ce que j'avais trouvé de plus froid, cela élevait pour ainsi dire une barrière autour de Claudia.

Bon, maintenant, il faut dormir, et ne pas penser.

Ne devrions-nous pas, chaque soir, quitter et plier les sentiments aussi soigneusement que nos vêtements. C'était pour moi comme si j'étais dans un rêve et devais agir avec une grande prudence pour ne pas m'éveiller.

8 août

Je peux dire à présent avec certitude que l'amour est une occupation, une occupation qui remplit les jours.

Dans ma vie, jusque-là, j'avais peu fait pour les autres. C'était ainsi, tout ce que je faisais, je ne le faisais que pour moi. À présent tout ce que je faisais, tout, même le plus infime, était pour une autre... pour elle. Jusque-là je ne laissais pas les hommes m'approcher de trop près, je devais préserver ma solitude. À présent je ne suis plus jamais seul. Je sens toujours la présence d'une autre... sa présence. Et quoi que je fasse durant toutes ces journées éblouissantes de soleil, derrière mes rideaux jaunes, dans le parfum doux et fort des pois de senteur et des lupins. Que je traduise Platon, que je corrige des épreuves, que je range ma bibliothèque, à vrai dire je fais toujours quelque chose d'autre, et toujours la même chose. Sentir est l'occupation la plus haute. Je comprends maintenant le grillon, qui, pendant les longues journées d'été et jusqu'au cœur de la nuit, racle avec ardeur et passion la même note, comme si cette note était l'unique chose importante au monde. Ceux sont là des observations que je tiens pour sûres. Ce soir, je ne voulais pas aller chez les Daahlen. Cela me semblait préférable. Claudia irait à nouveau se promener dans le parc, se tiendrait seule dans le clair de lune au bord de l'étang. En de tels instants de solitude affective, nos sensations croissent aussi claires et fortes que dans les moments apaisants et grisants où l'on est réunis. Cependant, je me rendis dans l'allée, m'assis sur un banc et regardai flamboyer le coucher de soleil sur les fenêtres de la villa des Daahlen. Je voulais rester là jusqu'à la nuit. Je pensais que cela me ferait du bien d'être entouré par la présence chuchotante des couples d'amoureux.

Près de moi, sur le banc, vint s'asseoir une petite vendeuse, une fille ronde et blonde. Elle posa le carton qu'elle portait à côté d'elle sur le banc. Fatiguée, elle étendit les jambes en frappant les pointes de ses souliers jaunes l'une contre l'autre. Elle repoussa le petit chapeau de paille jaune, quelques boucles blondes moites tombèrent sur son front. Le visage était rond et rose et les yeux bleus, entre des paupières un peu grasses joliment tendres. Une paix si reposante enveloppait sa silhouette. C'était agréable et rassérénant que cette fille fût assise à côté de moi. Elle me regarda de haut en bas puis détourna les yeux... comme elles le font toutes. Ces filles utilisent toutes la même méthode avec tranquillité et sûreté, qu'il s'agisse de repasser ou de se déganter. Du moment qu'elle a fait ses preuves, pourquoi en chercher une nouvelle ? Je lui adressai la parole : Il faisait chaud. Oui, il faisait chaud. Elle avait envie d'attendre ici qu'il fasse plus frais. Elle avait besoin de prendre l'air. Sinon attendait-elle quelqu'un ? Non, qui donc ? Eh bien, en général les soirs d'été, on est deux. Sans doute, mais elle n'avait personne. Il était parti ? Oui, parti. Un profond soupir tendit le corsage à rayures rouges et blanches.

« Vous vous appelez Toni ? dis-je.

— Comment le savez-vous ?

— Ce nom vous va.

— Oui, Toni Ledrer, je suis vendeuse chez Grosmann, le magasin de gants de la rue Herrn.

— Je le connais, c'est un grand magasin toujours plongé dans une pénombre solennelle. Une vieille dame sévère est assise à la caisse, et les vendeuses qui enfilent les gants sur les mains des clients sont très silencieuses et très graves.

— La vieille est mauvaise, avoua Toni, et nous n'avons ni le droit de parler ni le droit de nous asseoir.

— Et vous venez ici le soir pour vous asseoir et pour parler ?

— Oui, quand il y a quelqu'un à qui parler, approuva rêveusement Toni. J'habite sous les toits et les nuits sont si chaudes... On n'a pas envie d'aller au lit.

— Vous avez une petite lampe à la lumière jaune et vous vous tenez toute blanche devant le miroir et vous levez les bras pour attacher vos cheveux. »

Toni me regarda avec étonnement :

« Bien entendu, comment on pourrait faire autrement ? »

La nuit était tombée. À travers les feuilles des châtaigniers brillait la lune.

« Marchons un peu », suggérai-je.

Toni se leva, obéissante, défroissa sa robe et prit le carton. Nous descendîmes lentement l'allée et tournâmes dans un petit chemin ténébreux.

« Ne voulez-vous pas me donner le bras ? dis-je.

— Volontiers », répondit Toni. Elle prit mon bras, comme toutes ces filles vous prennent le bras. Elles s'appuient un peu lourdement et pressent légèrement votre bras contre leur poitrine. Nous n'avions pas besoin de parler. Il suffisait de sentir, ainsi appuyés l'un contre l'autre, que notre pouls battait au même rythme... exécutait la même danse. Et celui de Toni avait un rythme paisible et énergique.

Quand, à un détour, la demi-lune devint visible dans un ciel clair et vide, Toni leva vers elle les yeux en clignotant et dit : « Comme c'est joli. Ah, surtout la lune.

— Allons dîner chez Bohrer, je proposai.

— Ça n'en vaut pas la peine en semaine. »

Nous y allâmes cependant. Dans la véranda tranquille notre arrivée fit sensation. Le vieux monsieur au visage ridé, la petite serveuse pâle, tous levèrent la tête et nous regardèrent gravement d'un air de reproche. Le vieux chien, qui, assis à l'entrée, contemplait la lune, grogna tout bas.

« Que désirez-vous ? » murmura la serveuse.

Nous nous assîmes dans un coin. La plaine devant nous était inondée d'une lumière blanche, nébuleuse et solitaire comme toujours. Toni étendit à nouveau ses jambes sous la table et posa les mains à plat sur la nappe, puis elle se mit à manger lentement, précautionneusement, mâchant chaque bouchée tout en contemplant la lune. Nous bûmes un petit vin mousseux acide. Toni soupirait de temps en temps si profondément que le corsage à raies rouges et blanches craquait.

« Pourquoi soupirez-vous ? lui demandai-je.

— Parce qu'on est si bien ici, si bien. On a la paix », et elle bâilla discrètement. Moi aussi je me sentais bien et j'avais moi aussi sommeil. Comme si j'avais travaillé toute la journée, sans pouvoir étendre mes membres, ni me reposer. J'avais envie de causer un peu.

« C'est difficile de faire essayer les gants aux gens ? demandai-je.

— Oh, dit Toni, j'y suis habituée. Beaucoup tiennent mal leurs mains. Mais ne parlons pas de gants.

— Non, ne parlons pas de gants ni de fatigue. À quoi bon !

— Il est tard », finit par dire Toni. Je l'embrassai. Ses lèvres étaient molles et chaudes, comme les lèvres d'une enfant ensommeillée. « Dimanche, je suis libre à partir de deux heures », dit-elle avant de s'en aller.

Sur le chemin du retour l'agréable sentiment d'apaisement persista. Mais dès que j'entrai dans ma chambre, je retrouvai la présence irritante de Claudia. Je me mis immédiatement au lit, j'étais fatigué et j'avais besoin d'un bon sommeil. Je m'endormis en repensant à Toni, c'était comme si le rythme calme et puissant de son sang berçait mon sommeil. Je devais trouver une formule pour ce qui m'était arrivé avec cette fille.

10 août

Aujourd'hui allait être une mauvaise journée. Je le sentis dès mon réveil. Un orage avait éclaté au petit matin qui avait eu des conséquences sur mes nerfs. L'air était à peine rafraîchi, le soleil dardait de nouveau ses rayons.

Une désagréable lucidité m'était venue qui contredisait ce que j'avais ressenti, qui raillait et mettait en question tout ce qui était en moi. Claudia m'était lointaine et étrangère. En somme ne m'était rien. Pour couronner le tout, Joseph me raconta durant le petit déjeuner qu'il avait rencontré la baronne Daahlen ce matin. « Elle était à cheval. Le valet d'écurie chevauchait derrière elle. Et le baron Spall aussi. »

Ce récit éveilla en moi un sentiment de dégoût infini, un malaise quasi physique. Je dus poser le thé et la rôtie que je venais de beurrer avec soin. Il ne s'agit pas d'un véritable accès de jalousie. Je ne suis pas jaloux de Spall. Claudia déteste Spall, je l'ai lu dans ses yeux, dans sa façon de le repousser avec lassitude. Claudia ne succombera qu'à un amour qui parviendra à combler la distance qui la sépare de son bien-aimé. D'abord tous les deux disent : Il le faut — ensuite, ensuite elle obéit. Cela je l'ai compris. Et néanmoins… Tout à fait misérable, je me traînai ainsi jusqu'au soir.

Étrangement irréelle, la vie que je menais. Ce n'était que là-bas, dans la véranda, devant le sombre jardin humide, sous la clarté onirique de la lune, attentif au bruit léger de la traîne de mousseline de Claudia sur les graviers, qu'elle retrouvait quelque réalité. C'est ce que doivent ressentir les chauves-souris, quand dans la journée elles sont suspendues dans des coins sombres comme de petits diables noirs, regardant à travers une fente si brille encore cette stupide lumière qui dément tout ce qu'elles vivent la nuit, quand elles volettent au-dessus de la cime des arbres étincelants de clair de lune en poussant leurs petits sifflements aigus.

Nuits

Aujourd'hui j'ai dû affronter quelque chose de particulier, une broutille, qui ajoute un trait qui n'est pas sans importance à mon image de Claudia.

Claudia aujourd'hui ne m'était pas du tout proche. Elle se taisait beaucoup. Quand elle parlait, on percevait une sorte d'irritation, les inflexions âpres de sa voix s'entendaient particulièrement. Sa bouche formait une magnifique ligne d'amertume tragique. Spall s'efforçait de se montrer brillant et à l'aise. Daahlen riait beaucoup, ce qui semblait rendre Claudia furieuse. Spall avait une façon déplacée de la traiter en parente...

comme s'ils étaient complices. On ne pouvait pas être plus maladroit. Je trouvai peu d'occasions de m'entretenir avec Claudia. Nous parlâmes un moment d'orage et de chevaux. Je me montrai réservé et correct. Ce qui était parfait. Cependant, en pressant sa main, j'aurais voulu lui dire à voix basse des mots émouvants et significatifs, des mots qu'elle aurait compris : « Je sais combien... nous... souffrons tous deux », mais cela ne me fut pas permit, Daahlen était aujourd'hui d'humeur particulièrement bavarde et il me mit le grappin dessus. Il me décrivit un périple difficile et ennuyeux qu'il disait avoir fait quelque part en Afrique et je dus l'accompagner dans son bureau pour suivre cet inintéressant itinéraire sur la grande carte accrochée au mur.

Quand nous revînmes dans la véranda, Spall et Claudia étaient partis. Ils devaient être descendus au jardin.

Daahlen continuait son histoire, mais il semblait perdre le fil de son récit ; nous ne progressions pas. De temps en temps, il s'arrêtait, scrutait le jardin sur lequel s'était maintenant levé un très grand quartier de lune et murmurait : « Sont-ils là ?

— Non, je disais, cette blancheur c'est le parterre de tubéreuses.

— Bien, bien, disait-il, hum, ça ne fait rien... *allons, allons* !

À la lumière de la lune je vis clairement que son visage brun et marqué, sous la barbe gris souris, grimaçait comme sous l'effet d'une vive douleur.

« Donc, continua-t-il, nous étions à cinq kilomètres du village de Biri-biri. » Mais il n'était pas à son histoire et regardait constamment en bas dans le jardin et je ne l'écoutais pas non plus et regardais aussi en bas dans le jardin ; et tous les deux, attendions, les nerfs tendus.

« Les voilà ! Cela m'échappa soudain.

— Où, où ? demanda Daahlen. Oui, je les vois. »

Émergeant de l'obscurité de la charmille, Claudia et Spall traversaient la terrasse illuminée.

Il est jaloux, le pauvre, me dis-je, oui, il arrivera sans doute un moment où nous ne pourrons plus le ménager. La vie est cruelle. Mais je préférais moi aussi qu'ils soient revenus tous les deux dans la véranda. « Ainsi, nous arrivâmes heureusement à Biri-biri », reprit Daahlen soulagé et il se renversa dans le fauteuil d'osier qui grinça.

Claudia et Spall entrèrent dans la véranda. Claudia marchait comme si elle était lasse. Daahlen continua à parler, feignant de ne pas la regarder.

À l'autre bout de la véranda étaient installées deux chaises. Spall se dirigea vers elles, se jeta sur une et avança l'autre pour Claudia. Claudia fit quelques pas hésitants dans cette direction, puis elle se retourna rapidement... oui, je le sais, avec dégoût, avec angoisse, je vis clairement osciller les contours de son corps doux et léger dans les plis de la robe de mousseline. Finalement elle vint vers moi et s'assit sur le fauteuil qui était à mes côtés... cherchant la protection que je lui offrais. Depuis mes jeunes années, je n'avais plus éprouvé ce puissant sentiment de bonheur, dont la douce chaleur vous envahit de la tête au pied. Ce fut un moment délicieux... le bras de Claudia reposait sur le bras de son fauteuil, mon bras sur le bras du mien. Nos mains étaient proches l'une de l'autre, elles soupiraient l'une pour l'autre, elles étaient conscientes l'une de l'autre. Si j'avais réellement pris la main de Claudia, cela aurait été trivial. C'est ce qu'aurait fait Spall sans doute. Mais c'était mieux ainsi. Les cimes des érables s'élevaient silencieuses et noires dans le clair de lune. La voix grinçante de Daahlen racontait à présent calmement, énumérant les barbares noms nègres qui retentissaient dans le silence de la nuit.

12 août, nuit de dimanche

Aujourd'hui, je n'irai pas chez Daahlen. Rendre visite un dimanche manque de style. Pourtant deux heures n'avaient pas sonné, j'étais déjà dehors. La journée était très belle, éclatante, comme en robe d'été. Les rues avaient l'odeur du rôti dominical dont le fumet s'échappait par les fenêtres ouvertes. La grande allée était encore vide. Ici et là une bonne endimanchée, le visage rouge d'avoir été vigoureusement lavé, attendait ses camarades du dimanche. Je tournai en direction de la villa des Daahlen. Je voulais savoir qucl aspect cette maison — qui au clair de lune et dans la pénombre était devenue pour moi une énervante image de rêve — aurait sous l'objective lumière jaune de midi. C'était, me semblait-il, un complément nécessaire. La maison, avec ses jalousies baissées, paraissait très tranquille, comme endormie au soleil. Seule, du côté des cuisines, se trouvait une chaise placée dans une étroite bande d'ombre. Une femme en robe bleue rayée de blanc y était assise… une grosse figure pâle à double menton sous une coiffe blanche et chaussée de lunettes rondes cerclées de noir. C'était Julchen bien entendu. Elle tenait un livre et chantait un psaume d'une voix nasillarde. Son rythme frémissant et somnolent était semblable à celui du vol des papillons de chou autour du parterre multicolore devant le perron. Je fis le tour de la maison, en longeant la grille à l'extérieur. Je voulais voir la terrasse à la lumière du jour. La terrasse était là. Claudia aussi était là.

Elle portait une robe de batiste blanche et un grand chapeau blanc du même tissu et marchait le long de la rangée de lavande qui bordait le chemin, coupant des tiges de lavande avec des ciseaux de jardin. Quand elle arriva près de la grille, elle se releva et m'aperçut. Je la saluai. Elle esquissa un sourire et inclina la tête. Là, debout, le visage rose pâle sous la crêpelure crue des cheveux, elle me plaisait tellement que ma gorge se noua. Depuis mes jeunes années, il ne m'était plus arrivé de ressentir si fortement, j'avais presque envie de pleurer. Claudia sentait cela, il fallait qu'elle le sentît, immobile, le gros bouquet de lavande dans les mains, les yeux largement ouverts, elle me regardait comme pour me dire : Tu vois, nous sommes tous les deux pareillement émus. « Ah ! Monsieur von Brühlen, s'écria-t-elle, bonjour ! Ne voulez-vous pas entrer un moment pour sentir ma lavande ? Il y a une petite porte dans la grille. » Je pénétrai dans le jardin. Elle me tendit la touffe de lavande chaude de soleil.

« J'aime la couper, dit-elle, et la mettre dans le linge. L'odeur en est si agréablement démodée.

— Oui, ma mère aussi en avait plein ses armoires », dis-je. J'étais gêné. Ma voix semblait un peu haletante, mon cœur battait à se rompre.

« Vous allez vous promener si tôt ? demanda Claudia

— Oui, je… voulais… voir le jardin… et peut-être vous aussi, baronne, à cette heure du jour. Jusqu'à présent, il est pour moi une pénombre, une vision… et le clair de lune… je crois…

— Et alors ? demanda Claudia avec curiosité.

— Alors ? Oui, la vision reste, mais elle a d'autres couleurs… oui… une vision blanc mordoré et bleu lavande. »

Claudia s'était assise sur une brouette renversée qui se trouvait dans le sentier et m'observait avec attention. « C'est bien, dit-elle, il ne faut pas, comment dit-on… matérialiser les visions… n'est-ce pas ? Les visions sont trop irresponsables.

— Comment cela ? »

Claudia me regarda pensivement par-dessus son bouquet : « J'aime rêvasser, c'est agréable. On est allongé et ce que l'on vit ainsi, on n'en est pas coupable, pas responsable. On est pris et emporté.

— C'est ce que fait la vie de toute façon... que nous le voulions ou non », remarquai-je passablement ému.

Claudia me dévisagea un peu étonnée.

« Oui, n'est-ce pas ? » dit-elle. Il s'ensuivit une pause. Dans mes conversations avec Claudia ces pauses étaient fréquentes. Je pense que c'est dans ces moments que nos sentiments s'harmonisaient avec une force particulière.

« Vous avez déjà travaillé, baronne ? » repris-je protocolaire. Cela me semblait important.

« Avec mon mari, au manuscrit, oui, répondit négligemment Claudia.

— C'était intéressant bien entendu ?

— Mon Dieu ! » Claudia haussa légèrement les épaules et avança la lèvre inférieure. Ce mouvement était tellement celui d'une petite fille mutine que je ne pus m'empêcher de penser aux cinq petites comtesses dans le grand jardin, coupables de toutes les calamités. « Mon Dieu. Je déteste ces nègres avec leurs noms impossibles et leurs mœurs stupides. Mais savez-vous ce que je déteste le plus ?

— Non !

— Les kilomètres. Toujours et partout, ils sont là. Quand on pense à l'Afrique... on pense à la lumière, aux grandes fleurs et aux couleurs. Eh bien non, elle n'est remplie que de ces fastidieux kilomètres.

— Il semble difficile de les éviter », je remarquai avec un visible manque d'humour. Mais peut-être était-ce parce qu'elle parlait contre son mari.

« Pourquoi, dit Claudia méprisante, je me déplace, mais je ne me déplace pas en kilomètres. »

À nouveau la conversation achoppa. J'aurais dû plaisanter sur le ton de la camaraderie. Mais j'étais trop ému.

« Nous vous verrons ce soir ? demanda Claudia.

— Aujourd'hui... un dimanche, répondis-je en hésitant.

— Mon Dieu ! Entre amis », dit Claudia.

Ce « entre amis » se voulait une barrière. Oui, nous plaçons beaucoup de barrières entre nous, pour être agréables à notre conscience qui est tout de même forte.

Une cloche sonna dans la maison.

« Oh, il est temps d'aller m'habiller », s'écria Claudia, effrayée comme une petite fille qui est en retard pour sa leçon de français. Nous nous serrâmes la main, et je repris pensivement ma route.

Dans l'allée, sur le banc habituel était assise Toni. Elle portait un corsage de soie blanche, une ceinture dorée et beaucoup trop de roses sur son chapeau. Son visage était échauffé et ses yeux rouges.

« Tu as pleuré ? » demandai-je.

Elle passa la main sur ses yeux et prit un air furieux.

« J'attends depuis si longtemps, dit-elle, je pensais que vous ne viendriez pas.

— Ah… c'est ça ! Eh bien, allons-y. » Toni se mit debout et prit mon bras avec une assurance un peu brutale. Elle prenait possession de moi comme si tel était son droit dominical. Aujourd'hui, elle ne me plaisait pas particulièrement. En silence nous descendîmes l'allée. Sur un banc était assise une fille en corsage clair avec, elle aussi, trop de fleurs sur son chapeau.

« Elle pleure elle aussi », dis-je.

Toni devint éloquente : « Oui et alors ! Toute la semaine on se tracasse et on se réjouit en pensant au dimanche, puis on se fait belle et… il ne vient pas.

— Oui, oui, c'est injuste », dis-je. C'était si compréhensible. L'amour est en ce cas si évidemment… un bien… un droit.

Nous sortîmes de la ville, montant au-dessus de la grande plaine. Les chemins étaient remplis de promeneurs du dimanche. Partout des filles échauffées et contentes au bras de leur galant. Au début, j'en ressentis de la mauvaise humeur, mais ensuite s'empara de moi le sentiment apaisant d'appartenir à un ordre, presque à un métier. Nous allâmes loin, là où ça devenait solitaire. Le soleil poignardait la lande. Une excavation de gravier s'ouvrait. Des genévriers, des bruyères, des pieds-de-chat croisaient dans ses parois. Une grande pierre au fond se prélassait au soleil. Nous descendîmes et nous étendîmes dessus. Toni enleva son chapeau, étira ses membres, clignant des yeux dans le soleil. « Ah, c'est bon », gémit-elle. Toute la délectation de la paresse dominicale s'était abattue sur elle, rayonnait bel et bien d'elle. Je m'allongeai sur le dos. Les genévriers, les absinthes, les achillées exhalaient une odeur aussi chaude que si nous nous étions trouvés dans une cuisine où ces plantes auraient infusé. De petits papillons aux taches bronze et bleu acier voletaient au-dessus de nous. Des bourdons en chantonnant et en bourdonnant tout bas traversaient l'air et venaient suspendre leur corps velouté aux clochettes des campanules.

Toni bavardait toute seule, évoquant d'autres dimanches, d'autres endroits avec d'autres messieurs... comme cela avait été beau.

Je fermai les yeux. Je voulais faire ressurgir la vision blanc mordoré et bleu lavande. Mon Dieu ! Sur moi aussi s'était abattue l'inertie des jours fériés. Avec la vision et Claudia et moi, tout était si compliqué, et avec la paresseuse fille rose à côté de moi tout était si simple et si évident. Il me vint à l'esprit que j'avais bien envie de dormir un peu.

Ensuite, j'entendis Toni chantonner un air monotone et somnolent. J'ouvris les yeux. Appuyée sur le coude, elle était allongée, levant et abaissant le pied en mesure.

Elle avait entre les lèvres un brin d'herbe et tenait à la main une branche de genévrier avec laquelle elle frappait lentement le sol.

« Rai… la… la… la. »

« Toni, dis-je, auparavant tu as gardé le bétail ? »

Toni leva les yeux vers moi.

« Vous vous êtes endormi. Le bétail ? Là-bas, chez nous, j'ai gardé les moutons.

— Tu étais étendue comme ça toute la journée.

— Oui, longue… longue elle était la journée.

— Et pendant que tu étais étendue ainsi, attendais-tu quelque chose ? »

Toni réfléchit :

« Attendre ? Je ne sais pas. Oui, j'attendais que la mère m'appelle pour le repas.

— Mais oui, tu attendais le repas… naturellement. Approche. »

Toni se traîna sur l'herbe et vint se blottir contre moi.

« Est-ce que ce n'est pas bon ? » demanda-t-elle.

Oui, c'était bon. Je ne sais pas combien de temps nous sommes restés au fond de l'excavation de gravier. Le soleil brillait déjà oblique sur la plaine. Des bruits de musiques venaient jusqu'à nous. Cela ranima Toni.

« C'est la musique de Deibler… et celle de Bohrer, dit-elle.

— Tu veux y aller ?

— Oui, allons-y », répondit-elle, d'un air décidé. Maintenant ou après nous devions finir chez Deibler. Dans la guinguette, sous les arbres poussiéreux, les gens étaient assis tête contre tête. Les effluves de bière épaississaient l'air. Échauffées, les servantes transportaient de grosses portions de rôti de veau et de porc et des serviettes en papier. À toutes les tables, des filles endimanchées avec leurs galants. Sur les visages se lisait une sorte de tension, dans les yeux, une déception. Les hommes avaient des figures rouges de buveurs et ils étaient très bruyants. Deux se battaient et la fille pleurait. La fanfare tonitruait une marche. Plus tard vint un solo de cornet, des sérénades de Schubert. Les gens, redevenus silencieux, se détendirent sur les bancs envahis par de tendres sentiments. Les filles regardaient fixement devant elles et semblaient sur le point de fondre en larmes.

« Alors ? je demandai à Toni.

— Très beau ! » répondit-elle. Les bras croisés sur la poitrine, elle était assise, avec dans les yeux le même regard endormi et déçu. La tristesse de ce dimanche qui s'achevait pesait lourdement sur nous tous. Contre cela, il n'y avait qu'une chose à faire… rentrer chez soi… se presser l'un contre l'autre et oublier.

« Viens », dis-je à Toni.

C'est maintenant ou bien jamais. Ainsi doit être le dimanche pour tous ceux qui travaillent. Il ne reste de lui rien d'émouvant, seulement un peu de fatigue… quelques fleurs des champs fanées. Le travail peut recommencer et l'on peut penser au prochain dimanche. Moi aussi je vais me remettre à travailler à mon histoire d'amour, émouvante et énigmatique.

13 août, la nuit

La lune est ronde et claire au-dessus du parc des Daahlen. Claudia aujourd'hui m'a battu froid. Nous avons un moment parlé ensemble de choses indifférentes et dans sa voix passait quelque chose d'étranger… quelque chose d'éteint et de mort. Je le comprenais. Moi aussi je me suis contraint à la froide politesse… à garder, en quelque sorte, mes distances. Je le sais, nous souffrons tous les deux.

15 août

Aujourd'hui je jouais aux échecs avec Daahlen dans la véranda. À l'autre bout Claudia et Spall parlaient ensemble assez bas, mais je comprenais à leurs voix qu'ils se disputaient.

« Qu'avez-vous ? » demanda Daahlen.

Claudia alors nous rejoignit et s'assit tranquillement à côté de moi. Bientôt Spall partit. Dans un profond silence nous finîmes la partie, puis je me tournai vers Claudia. Elle était enfoncée dans son fauteuil, légèrement tassée sur elle-même. Les yeux grands ouverts, elle fixait la lune. Sous cette lueur, le visage paraissait pâle, les yeux très sombres. Je lui parlai, surtout pour la caresser de la voix.

« N'est-ce pas, baronne, la pleine lune nous communique une ivresse... une ivresse froide ? »

Daahlen sauta sur la remarque.

« Très bon. Le clair de lune a quelque chose de frappé comme le vin. Pas ici, en Afrique. Oh ! vous comprenez les nuances. Vous êtes un artiste de la vie.

— Qu'est-ce un artiste de la vie ? » demanda Claudia et dans sa voix passa de l'irritation, presque de l'hostilité.

— Un artiste de la vie, chère enfant, pontifia Daahlen, vit comme une œuvre d'art, vit de telle sorte que les autres peuvent être édifiés par sa vie comme par une œuvre d'art.

— Vraiment, dit Claudia et elle eut un rire méchant et malicieux. Cela ne doit pas être amusant de vivre comme... comme un bon à tirer. Quand on fait une œuvre d'art, on sait, je pense, toujours d'avance, ce qu'elle deviendra. »

Je considérai comme juste et significatif de glisser : « Cela nous le savons de toute façon. »

Mais Claudia me contredit avec opiniâtreté.

« Je ne trouve pas.

— Nous ne voulons pas le croire, voilà tout », continuai-je et ma voix elle aussi parut irritée. Claudia haussa légèrement les épaules. Daahlen commença tout à fait sans motif, peut-être pour nous calmer, à parler de Niam-Niam. C'est normal. Nous luttons et souffrons tous les deux.

16 août

L'amour nous pousse les uns vers les autres, mais chacun ne fait pas le bonheur de l'autre, comme on dit. Cette comptabilité du bonheur n'est pas l'affaire de l'amour. Peut-être nous ferons-nous souffrir mutuellement. Il serait plus sage de ne pas aimer.

L'amour est illogique, et nous le combattons, mais il est plus fort que notre logique et c'est là son charme.

17 août

Claudia est silencieuse et pâle. Nous ne nous adressons plus la parole... pour nous quelque chose a commencé. Pourtant elle est tranquillement assise à côté de moi, nos mains reposent proches l'une de l'autre et soupirent l'une après l'autre.

De temps en temps, j'éprouve une profonde compassion pour Claudia et sa détresse. Je peux mesurer sa détresse à la mienne.

21 août

Oh, cette bizarre vie de rêve, une vie régie par les lois de l'exception.

Quelle soirée étrange, quelle nuit étrange et quelle journée étrange, je viens de vivre. Chez Daahlen nous étions assis comme toujours dans la véranda et nous buvions du punch froid. Spall était très en verve. Il plaisantait sans arrêt et faisait rire le vieux monsieur. Claudia riait aussi avec une gaieté un peu forcée. Elle était agitée, allait et venait dans la véranda, s'arrêtait parfois et regardait la lune... devenait soudain sérieuse... une expression tendue, presque angoissée sur son visage pâle. Elle tenait à la main un petit mouchoir de batiste qu'elle tortillait comme si elle voulait le déchirer. Spall et Daahlen commencèrent une partie d'échecs. J'allai vers Claudia. C'était étonnant comme son énervement m'avait gagné. Oui, les nerfs chez moi obéissent aux vibrations des êtres étrangers. Ma voix sonna incertaine quand je dis :

« Il y a longtemps que nous ne sommes pas allés voir l'étang.

— Oui, allons voir l'étang », répondit amicalement Claudia.

Nous descendîmes au jardin. Nous parlâmes d'abord au petit bonheur de toutes sortes de choses, des roses devant lesquelles nous passions, des crapauds qui, gros et ridés, se tenaient immobiles au milieu du chemin. Nous marchâmes quelque temps côte à côte sans parler. Arrivés dans l'obscurité des arbres, je dis :

« Vous êtes plus gaie aujourd'hui », et, en pensée, je pris contre moi tout le petit corps tremblant d'excitation et de tourment.

« Je n'étais pas gaie avant ? demanda Claudia.

— Ces jours-ci, je crois, vous n'étiez pas très gaie.

— Je ne sais pas si je suis gaie, continua Claudia pensive. C'est ainsi de temps en temps. Il vous vient une fatigue, une paresse infinie à continuer à vivre. Déjà écolière, j'avais cette même sensation lorsque j'avais repoussé la dissertation de français jusqu'au dernier moment, j'avais alors envie de rester assise, immobile... de dormir... oui, j'aurais préféré être morte plutôt que d'écrire cette dissertation sur : *La cruche va à l'eau tant qu'elle se casse.*

— Mais la dissertation finissait pourtant par être écrite, lançai-je.

— Oui, elle finissait par être écrite.

— Nous ressentons ce genre d'humeur », je remarquai, et c'était important que je le dise même si je sentais que ma voix n'avait pas le ton juste : « Nous ressentons ce genre d'humeur généralement à des moments où nous nous apprêtons à servir la vie de toutes nos forces.

— Ah, vous croyez ! »

Nous étions arrivés à l'étang. Lumineuse, la naïade se tenait dans l'eau noire, tendant avec indolence ses bras sans mains.

« Elle peut se reposer, c'est bien ainsi que vous disiez ? demanda Claudia. Quand nous n'avons plus de mains, nous pouvons nous reposer.

— Cela s'empare de nous », repris-je. Je ne savais pas pourquoi j'avais aujourd'hui la plus grande peine à m'exprimer. Il fallait que je dise quelque chose de joli, seulement j'avais beau chercher rien ne venait.

« Imaginez un rosier couvert de boutons, de ces boutons épais et rouges qui sont prêts de s'ouvrir tous en même temps. Bon ! Il se dresse dans le clair de lune, lourd de ses boutons, sans courage et fatigué : "Ah, l'éternelle floraison recommence. Ne peut-on se reposer ! Cela ne l'empêche pas le matin suivant d'être rouge de roses." »

Claudia me jeta un regard scrutateur.

« C'est joli. Vous êtes une sorte de poète.

— Moi ? Mon Dieu, non ! »

Nous avions longé l'étang et nous remontions à présent l'étroite charmille.

« Si, naturellement, dit Claudia, et je perçus une moquerie dans sa voix. Vous connaissez ce genre d'humeur, vous êtes un artiste de la vie. »

Cela m'agaça.

« Pourquoi me traiter d'artiste de la vie ? J'attends comme tout le monde, c'est l'évidence, que quelque chose de valeur donne un sens à ma vie. »

Claudia rit :

« Comme vous dites cela joliment. Je pense que lorsqu'on peut dire les choses aussi joliment, on n'a plus besoin de les vivre. Non ? Pourquoi attendre quelque chose d'autre. Et s'il ne venait qu'un gâcheur ? »

De nouveau le rire froid et blessé retentit strident dans les ténèbres. Un corbeau passa au-dessus de nous en croassant. Quelque part, dans l'obscurité, des giroflées exhalaient leur lourd parfum.

« Je vous en prie, ne riez pas ainsi », le cri m'échappa, plein d'angoisse. Elle se tut, s'arrêta, s'appuya contre le tronc d'un arbre. Je restai devant elle. Je ne comprenais pas, je me sentais gêné et désemparé. Puis j'entendis un léger bruit.

« Vous pleurez ? demandai-je.

— Oh, ce n'est rien, répondit Claudia. Les nerfs. Ça m'arrive de temps en temps. Je vous demande un instant. »

J'attendis. Je restai là, épiant les sanglots étouffés, et c'était comme si ma respiration suivait le rythme long et saccadé des pleurs. Maintenant, pensai-je, mais je le dis et ne le fis pas. Pourquoi ? À ce moment, je le comprenais. Devant cette enfant sanglotant, je ne pouvais rien faire — pas de cette façon. Mais encore un tel instant et il arriverait ce qui devait arriver. Je l'ai vécu, cet instant. En silence je lui prendrai la main, une main froide, humide de larmes, nous reviendrons dans la véranda et, debout devant le vieil homme solitaire nous lui dirions : « Nous n'y pouvons rien... », et à toute la douceur de notre amour se mêlerait l'amertume de notre cruauté et de notre pitié.

« Bien, c'est passé, dit Claudia, partons. »

Nous repartîmes.

« Je vous remercie, continua Claudia. C'est stupide.

— Nous ne le dirons pas aux autres.

— Non, devant quelqu'un d'autre, j'aurais tellement honte, mais vous êtes bon, aussi bon... qu'une tante.

— Une tante, je m'écriai.

— Oui, aussi rassurant, aussi fidèle. »

Je me tus. J'étais blessé. À présent je comprenais. Elle m'en voulait parce que je l'avais ménagée. Ce devait être ça.

Quand nous passâmes devant le parterre de roses de la terrasse, Claudia coupa une rose, seule la tête rouge et humide de la rose, et se rafraîchit les yeux avec. Dans la véranda, à la lueur des bougies, Daahlen et Spall étaient assis, un verre de vin à la vin. Spall parlait fort et sa voix joyeuse parvenait jusqu'à la terrasse. Daahlen riait. Claudia s'arrêta.

« Regardez-les », dit-elle et comme si elle exprimait une pensée profonde :

« Savez-vous ce qu'est la pitié ? C'est comme les hommes qui n'acceptent pas de se ranger dans la rue. Des souffrances étrangères qui ne veulent pas nous laisser passer. »

Je fus étonné et heureux qu'elle eût les mêmes pensées qui m'étaient venues sous l'arbre !

« Oui, dis-je, nous devons passer outre quand notre chemin nous y conduit. »

Elle pencha la tête en arrière et regarda la lune. Comme son visage était pâle. Sa bouche magnifique souriait, un sourire étrange, inoubliable. Elle leva le bras droit et agita, comme en signe de triomphe, la main qui tenait la rose rouge écrasée.

« Oh oui, nous devons passer outre », dit-elle à voix basse. Puis elle monta rapidement les marches qui menaient à la véranda.

Les deux messieurs étaient très gais. Spall racontait des anecdotes. Claudia se mit à côté de lui, voulut prendre part aux rires, rit d'un rire un peu forcé, les yeux toujours étrangement excités. Spall la regarda avec étonnement, se leva, prit un châle posé sur une chaise et en entoura les épaules de Claudia en disant : « Tu es livide, tu as froid. »

Cela me déplut. Il paraissait avoir le droit et le devoir de prendre soin d'elle. Toute cette situation à présent me répugnait. Je pris congé. Spall voulut partir lui aussi et se joignit à moi. Pendant que nous descendions l'allée, Spall ne cessait de parler, je ne sais de quoi, je ne l'écoutais pas. Une forte émotion me travaillait. Je ne cessais de me répéter tout ce que Claudia avait dit, suggéré... je le commentais avec une probité philosophique. En ville, Spall s'arrêta devant le

Club : « On y monte ? » demanda-t-il. J'hésitai. Il m'était désagréable avec sa gaieté convulsive.

« Venez, insista-t-il, une minute. J'ai projeté encore quelque chose cette nuit et je ne peux pas aller me coucher. Fanfaron ! pensai-je, mais j'y allai. J'avais peur de rentrer chez moi. Il me semblait que là-bas m'attendait un revirement de mon humeur, quelque chose de torturant et de triste.

Au Club régnait le vide de l'été. Quelques vieux messieurs jouaient au whist dans la salle de jeu. Dans le salon de lecture un jeune médecin et un jeune avocat désœuvré bâillaient derrière leur journal. Nous nous assîmes au restaurant.

« Il me faut une coupe de champagne », dit Spall. Nous bûmes donc du champagne. Spall était plongé dans ses pensées.

Sa jolie figure impertinente de gamin avait une expression vieillie, presque douloureuse. Il se reprit d'un coup.

« Vous ne jouez pas ? demanda-t-il.

— Non, je n'y tiens pas.

— J'aime jouer, continua Spall, plus rien que le hasard, on se sent alors aussi agréablement sincère qu'un automate.

— Un automate ?

— Oui, nous croyons, nous calculons. Un automate considère aussi les rouages qu'il a dans le corps comme la raison, mais c'est une absurdité, ça ronfle en nous et nous devons jouer le neuf ou le valet. Une irresponsabilité agréable quoi ! »

Ce qui me frappa c'est que Claudia avait, elle aussi, employé le mot irresponsabilité agréable, et j'en fus tourmenté.

« Question de goût » jetai-je de mauvaise humeur.

Spall eut son sourire mauvais et expérimenté. « C'est aussi le charme des histoires de femme. » Il me regarda pensif au-dessus de son verre. « Aimez-vous réellement les femmes ? » demanda-t-il. Il m'était très antipathique.

« Mon Dieu, répliquai-je avec agacement, je n'aime pas les femmes. C'est comme si on me demandait si j'aime les jours de la semaine. Je n'aime pas les jours de la semaine. Je connais seulement un lundi, un mardi... et chaque lundi est différent de l'autre et je les aime chacun d'une façon différente. »

Spall inclina la tête : « Vous avez raison, mais le sentiment de l'automate a quelque chose à voir avec ces histoires de femme. Ça ronfle en nous et nous faisons tout pour une femme, puis ça ronfle de nouveau et c'est fini. Et nous n'y pouvons rien. »

Je ne répondis pas, tout cela me déplaisait précisément parce que cela me rappelait la conversation que j'avais eue avec Claudia.

Spall se mit à me raconter une aventure avec une ballerine. Je n'écoutais pas. Je bus rapidement, m'abandonnant au cours agité de mes pensées. Spall regarda sa montre.

« Oh, il est tard, s'écria-t-il, je dois partir. » Pose de don Juan, je pensai. Nous partîmes. En nous séparant, je lui criai ironiquement :

« Je vous souhaite beaucoup de bonheur.

— Merci, merci », dit-il.

J'étais content d'être seul. Le vin me donnait un agréable sentiment d'assurance, quelque chose de triomphant. Je m'assis sur un banc de l'allée silencieuse, regardai le ciel qui était blanc de clair de lune et pensai à Claudia qui avait pleuré devant moi, pour moi, or quand une femme pleure devant vous c'est qu'elle s'abandonne à vous. Et plus tard la légère animosité. Cela me fit sourire. Je n'osais pas rentrer chez moi, je me défiais du silence de ma chambre. Et quand enfin je revins au petit jour et allai me coucher, il arriva ce que je craignais... un court sommeil inquiet, ensuite une longue insomnie peuplée de pensées taraudantes qui toutes déchiraient, rendaient incolore et insignifiant ce que j'avais vécu. C'était très pénible. Enfant, comme j'étais fils unique, j'avais l'habitude de jouer tout seul en silence et avec beaucoup d'ardeur. Je m'abandonnais alors tout à fait à mon univers imaginaire. Mais parfois, au milieu du jeu me venait un désenchantement, la conscience torturante que ce n'était pas un cheval mais une chaise, pas un bateau mais un sofa. Un découragement infini m'envahissait et je pleurais. « Pourquoi pleures-tu ? » me demandait ma mère. « Je ne peux pas jouer », disais-je alors. Je pensais à cela en me tournant et me retournant dans mon lit. Je décidai de ne pas me lever. Je voulais faire comme la chauve-souris, rester dans mon coin obscur et loucher avec irritation vers la fente à travers laquelle pénétrait le jour. Quand Joseph entra, je lui dis que je ne voulais pas me lever. Je ne lui permis pas d'ouvrir les rideaux, je fis allumer les lampes et demandai qu'on m'apporte mon thé au lit. Je fis comme si j'étais malade, bus le thé, fumai une cigarette et laissai Joseph me faire la conversation.

« Hier, raconta-t-il, je suis allé chez Zierer à cause de la chemise de monsieur le baron. Il y avait aussi le baron Spall. Il achetait une couverture de voyage, une jolie couverture de voyage très chère.

— Mon Dieu, Joseph, ce que tu peux être ennuyeux ! Tes talents de société diminuent. En quoi la couverture de voyage du baron Spall me concerne-t-elle ? Je préfère que tu me racontes comme tu as été engagé chez nous quand tu étais jeune, que ton père venait faucher dans la propriété, que vous dormiez dans l'écurie et que les chevaux te reniflaient de leurs naseaux froids et humides.

— Oui, c'était comme ça », commença Joseph. Il me l'avait raconté bien des fois quand j'étais contrarié et découragé.

Je l'écoutai, puis je fis éteindre les lampes pour essayer de dormir. Et, en vérité, je m'endormis doucement et me réveillai tout revigoré.

J'ai mangé avec appétit, j'ai écrit ceci et je suis allé chez les Daahlen. Je suis à nouveau avec Claudia, je suis à nouveau sûr de Claudia et de moi, je nous comprends tous les deux, je suis réchauffé par la sensation de fête que nous avons quand quelque chose de beau arrive qui compte dans notre vie.

La nuit

Ceci doit être ici aussi clair et objectif que si je considérais l'expérience d'un autre... Un texte dont je me réserve le droit de faire l'exégèse.

Donc : Le soleil se couchait quand je sortis pour aller chez les Daahlen. J'étais dans une disposition d'esprit légère et assurée. J'aimais vivre. J'aimais Claudia très fort. Je pouvais me réjouir du coucher de soleil, très sombre, pareil au milieu des grands nuages cuivrés à un brochet violet dans une eau rose. Les gens que je croisais paraissaient eux aussi joyeux. Les hommes tenaient leur chapeau à la main, les filles souriaient à la lumière rouge. Dans une maison quelqu'un jouait un air de Mendelssohn. Les douceurs qui vont de soi, qui sont tout simplement évidentes me plaisaient aujourd'hui. Un couple venait à ma rencontre. C'était Toni avec son carton, au bras d'un jeune homme blond. Elle me fit un signe de tête, se détacha de son compagnon pour venir me saluer.

« Monsieur Magnus, vous.

— Oui, Toni, comment ça va ?

— Bien, merci. Je vous ai attendu sur le banc et vous n'êtes jamais venu. Une fois vous êtes passé et vous ne m'avez même pas vue.

— Vraiment, murmurai-je embarrassé.

— J'étais très fâchée. Mais maintenant c'est fini.

— Vous en avez un… autre ? » je demandai en hésitant. Elle sourit, ravie.

— Oui, un ophtalmologiste. Un brave homme.

— Bien. Beaucoup de bonheur.

— Merci. De même, monsieur Magnus. » Et elle reprit le bras de son ophtalmologiste.

Bien, bien, pensai-je. La chère fille.

Lorsque j'arrivai sur l'esplanade de la villa, je vis de nouveau, assise sur le côté étroit de la maison, Julchen, dans sa robe bleue, les lunettes sur le nez, la coiffe rougie par la lumière du soir. Elle avait une terrine sur les genoux, une autre par terre et elle pelait de petites poires jaune d'or. Quand je la saluai, elle inclina la tête avec gravité. Je dus sonner deux fois à la porte d'entrée avant que l'on vienne m'ouvrir.

« Les maîtres sont-ils à la maison ? demandai-je avec légèreté et je voulus entrer.

— M. le baron est malade. M. le baron ne reçoit pas aujourd'hui, dit le domestique avec une figure solennelle et sans expression.

— Malade ? Ce n'est pas grave ? »

L'absence d'expression de la figure domestique prit un air tourmenté.

« Dans ce cas, je lui souhaite un prompt rétablissement. »

N'y eut-il pas autour des lèvres rasées le tressaillement d'un sourire aigre ? Je m'immobilisai sur l'esplanade et je réfléchis : il était arrivé quelque chose. Je décidai d'interroger Julchen.

Quand elle me vit arriver, elle me regarda par-dessus ses lunettes d'un air sévère.

« Ah, mademoiselle Julchen, rien de grave j'espère, pour le baron ? »

Julchen se remit avec zèle à peler sa poire en fronçant les sourcils.

« Ça l'a saisi, dit-elle et elle recommença à peler sa poire. Ce matin, quand il a trouvé la lettre, il a eu une crise si forte que nous avons voulu aller chercher le docteur, mais il a refusé.

— Ah, la lettre », dis-je comme si je comprenais et en réalité quelque chose en moi comprit aussitôt ce qui m'était encore inconcevable. « Et comme... comment c'est arrivé ? » continuai-je sur le même ton. Julchen jeta la poire pelée dans la terrine posée par terre.

« Ça devait être à peu près deux heures quand elle est partie. Le portier est revenu du bistrot dans la nuit. Et il a vu la voiture dans l'allée. Il l'aura attendue.

— Lui ?

— Oui, M. von Spall. Et la maraîchère quand elle est arrivée en ville a croisé la voiture. Ils se seront rendus à la gare la plus proche.

— Ils s'y seront rendus », dis-je mécaniquement.

Julchen secoua tristement la tête : « Et oui, quoi ! C'était trop tranquille ici, je l'avais remarqué. Des yeux si inquiets. Quand je me promenais en bas avec elle dans le jardin, elle courait, elle courait tellement que c'était difficile de la suivre, puis elle s'arrêtait, me serrait le bras à me faire mal, et disait : Julchen, vous avez aimé vous aussi.

— Ah, madame la baronne, je disais, ce que j'ai pu aimer. »

Elle riait et disait : Oui, oui, Julchen vous êtes un volcan éteint.

— Comme madame la baronne le dit, je répondais. Qu'est-ce qu'on peut dire de plus nous autres. M. von Spall immédiatement ne m'a pas plu. Ah non. Autant dire que comme chez nous elle trouvera pas facilement ailleurs. Aujourd'hui j'ai pris la peine de me procurer des petits pois parce qu'elle les aimait. Et maintenant elle est partie. »

Julchen soupira et pencha un peu plus la tête sur ses poires.

« Ça deviendra aussi plus tranquille », murmurai-je. Je ne savais que dire, j'étais planté là, conscient de ma mine ridicule.

« Je vais un peu dans le jardin », j'annonçai.

Julchen inclina la tête : « Oui, monsieur le Baron, maintenant il n'y a plus personne. »

Je marchais lentement entre les parterres de fleurs. Je ne ressentis d'abord qu'un très grand étonnement. Spall et elle… était-ce possible ? Comment ? Je ne comprenais pas. Cette Mme von Daahlen qui était partie avec M. von Spall m'était totalement étrangère. Je descendis jusqu'à l'étang, écoutai les grenouilles. Une profonde, grasse voix de grenouille racontait d'abord quelque chose toute seule. Puis les autres attaquaient en chœur, ardentes et enrouées, et dans leur discours résonnait toujours à nouveau : Spall… Spall.

Je fus envahi par un sentiment doux et indolore, un profond regret de son absence. Tout en moi avait soif de la présence de Claudia après cette compréhension secrète, cette intimité de mon corps et du sien. Cela avait pourtant existé. Mon Dieu… pourquoi n'était-elle pas là ! Je remontai par la charmille obscure que j'avais parcourue avec elle. Les giroflées exhalaient toujours leur parfum dans l'obscurité.

Je m'adossai à l'arbre, contre lequel elle s'était appuyée et avait pleuré. Ma douleur ici prenait une teinte pathétique, presque bienfaisante. Je la voyais si clairement devant moi, je voyais sa bouche, surtout sa magnifique bouche… jusqu'à ce que la pensée qu'un autre régnait sur cette bouche me fasse sursauter comme sous le coup d'une douleur physique. Et lui, l'autre, avait toujours été là… et quand avec mon désir le plus brûlant je m'étais approché d'elle, c'était pour lui qu'elle pleurait, c'était à lui qu'elle pensait. Et moi, qu'avais-je fait ? Une rage humiliante me secoua, une rage, comme à la pensée d'une gifle que j'aurais reçue et laissée passer sans réagir. Je traversai rapidement la terrasse, j'avais hâte de sortir de ce jardin où je n'avais été qu'un fantôme ridicule.

Sur la terrasse je rencontrai un domestique.

« M. le baron prie monsieur le baron de monter un instant.

— Moi ?

— Oui, M. le baron vous en prie.

— Bien, bien, je viens. »

Je suivis l'homme tout en pensant : C'est impossible que j'y aille. J'y allai pourtant. Daahlen me salua avec les marques d'une amitié pressante et agitée.

« C'est vous, mon jeune ami. Je vous ai vu vagabonder en bas. Merci d'être venu. Cette solitude a de quoi rendre fou. »

Il paraissait touché, plus vieux qu'avant. Le visage était jaune, parcheminé, les yeux brillants et enfoncés. « Asseyez-vous, continua-t-il, un cigare. Bon, nous allons bavarder confortablement. » Il me jeta un regard scrutateur. « Oh, dit-il, vous n'avez pas besoin de vous inquiéter, je ne vous parlerai pas de mon histoire. Tout le monde a son histoire, n'est-ce pas ? Mais il existe d'autres thèmes, Dieu soit loué. » Il sourit en posant la main sur un livre ouvert devant lui sur la table.

« Je lis un livre sur l'Afrique, un voyage de Buonaventure Meyer. Bon. Je le connais, un homme raisonnable. Il a vu les régions que j'ai vues, les mêmes nègres, les mêmes mœurs, n'est-ce pas ? Mais il voit tout autrement que je ne l'ai vu. Je me demande s'il ment ou si je mens. Ou bien, quand il l'a vu il était ivre ou bien c'était moi ? Comment expliquez-vous cela ? »

Il fallait que je réponde et je commençai à parler sans savoir ce que j'allais dire.

« Cela vient de ce que pour chacun de nous, ce que nous voyons, nous sommes seuls à le voir. Chacun a pour ainsi dire sa propre Afrique. Par exemple, dans ma chambre est accroché un tableau que j'aime. Supposons qu'il me soit volé ou que je sois obligé de le vendre. J'aurais cependant la consolation de penser que personne ne peut me voler ou posséder le tableau que j'ai contemplé et que j'ai aimé, il est unique, il... il... » Je me troublai, car je voyais à la figure de Daahlen que je manquais de tact.

« Ce n'est pas scientifique, dit Daahlen froidement.

— Non, pas scientifique, bégayai-je.

— Oui, mais la science. » Daahlen se mit à parler de la science avec enthousiasme, il devint chaleureux, ardent, presque sensuel. Cela ressemblait à la déclaration d'amour d'un époux à son épouse éternellement fidèle. À ce moment le domestique ouvrit la porte de la salle à manger et annonça que Monsieur était servi.

Nous mangeâmes des côtelettes de mouton avec des petits pois. Daahlen but beaucoup et parla sans arrêt de choses très lointaines, de choses qui se trouvaient toutes de l'autre côté de l'océan. Il éprouvait le besoin de s'étonner lui-même : « Oui, mon cher, ce que j'ai accompli et vécu là-bas demande une volonté de fer dont nos clubmen n'ont aucune idée. Des sens rapides comme ceux des fauves, de la présence d'esprit et de l'énergie, je vous assure, on sent l'énergie dans son sang comme un poing qui vous agrippe et vous conduit et vous pousse. » Il grandissait toujours plus à ses propres yeux.

Les fenêtres étaient restées ouvertes sur le jardin. Dehors un vent s'était levé. Il faisait défiler rapidement les nuages devant la lune. Lumière et ombre alternaient, comme si là-haut une flamme combattait pour ne pas s'éteindre. Les vieux arbres mugissaient, et soudain un coup de vent pénétra dans la pièce, apportant avec lui le parfum de toutes les roses. Daahlen se tut. Son visage prit une expression douce et désemparée. Et je me dis aussi : Claudia, Claudia... Comme si elle venait de traverser la pièce. Même le domestique inclina sa figure pâle sur l'épaule et, de ses yeux sans expression, regarda le vide avec mélancolie.

« Vous, Daahlen s'adressait au domestique, dites à Mlle Julchen qu'elle nous envoie le très vieux cognac, celui du coin, elle sait, et les grands verres anglais bien rafraîchis avec de la glace. Ce cognac, il se tourna vers moi, vient de la cave de Louis XVIII.

Pendant la catastrophe, un sommelier a réussi à le voler, je l'ai eu par un Parisien de mes relations. Je vous le dis, ce cognac est aux spiritueux ce que le génie est aux hommes.

Le cognac arriva. Daahlen se pencha sur son verre et respira le fort parfum. « Ah, cela réchauffe l'âme. » Quand le domestique fut sorti, Daahlen se pencha vers moi et dit à voix basse en me regardant avec des yeux voilés. « Mon cher jeune ami, quoi que vous en pensiez, si je vous disais que je savais que quelque chose de ce genre allait arriver.

— Comment cela ? » murmurai-je en le regardant avec aversion.

Daahlen inclina la tête avec mélancolie. « On devient lâche avec l'âge, où est passée la belle énergie ? Il va arriver quelque chose, tu dois agir, je me disais pendant mes nuits sans sommeil mais, voyez-vous, je m'étais fixé un terme. Ce mois-ci encore, calme et bonhomie, ensuite la sévérité, *le mari jaloux*... et voilà j'ai savouré ce délai de grâce à petites bouchées, comme certains enfants qui mangent leur gâteau miette par miette afin qu'il dure éternellement. Je vous le dis, quand elle me lisait pendant une heure mon manuscrit, je fractionnais cette heure en si petits moments qu'elle paraissait durer trois fois plus. Cela, on l'apprend avec l'âge. Ça me rappelle une histoire en Afrique. Je m'étais joint au lieutenant von Marlow qui menait une expédition punitive. Il s'agissait d'un jeune type couleur chocolat qui avait commis une faute grave... trahison ou quelque chose de ce genre. Il devait être fusillé, mais pas sur place, au contraire nous devions faire encore dix kilomètres. Après quatre kilomètres, le type commença à traîner les pieds comme s'il n'en pouvait plus de fatigue. Il faut qu'il se repose, dit Marlow. Écoutez, je dis à Marlow, il ne peut pas être fatigué après quatre kilomètres. Savez-vous ce que Marlow me répondit ? Pour le type, ces quatre kilomètres en valent quarante. À présent il ne vit plus comme nous, il vit seconde après seconde et c'est ce qui le fatigue. Vous comprenez cela ? »

Je ne répondis pas. Cette comparaison africaine me répugnait. Daahlen mit sa tête dans ses mains et se plongea dans une réflexion maussade.

« Un mois encore je voulais voir en elle la Claudia que je connaissais, puis je me serais expliqué avec l'autre Claudia. Elle n'a pas attendu aussi longtemps. »

Il se redressa, recouvra sa fierté, tout à fait un chasseur de tigres. « Et j'aurais agi, mon cher, la vieille énergie n'est pas entièrement partie. Je peux être effrayant, mon cher. Toute chose a son temps, c'est dans la Bible : rassemble des pierres et jette les pierres. Oh, j'aurais jeté des pierres. » Il ricana et prit une gorgée de cognac. Puis il redevint sentimental, posa sa main sur la mienne et dit : « J'avais votre sympathie, je le sais. Et nous voilà là tous les deux. » Je me levai, il fallait que je parte. Il m'était insupportable d'être l'allié de ce vieil homme et de sa souffrance.

« Vous partez déjà ? dit Daahlen, je vous remercie mon jeune ami, nous ne sommes pas maîtres de la solitude, il n'y a pas d'accommodement avec elle. »

Je partis. La nuit était maintenant sombre et chaude. Au-dessus de moi, dans les arbres de l'allée, murmurait une pluie légère. Il y a des moments où le monde nous paraît tout à fait invraisemblable, où nous cheminons à côté de nous-mêmes comme à côté d'une apparition surprenante et incompréhensible. Je sais qu'à ce moment je ne pensais pas à Claudia mais à Toni. Si elle était à présent pendue à mon bras un peu lourdement, le pressant légèrement contre sa poitrine et me regardant de ses yeux, tout serait devenu plus rassurant et plus compréhensible. Maintenant, je suis assis dans ma chambre et je couche tout cela par écrit. C'était ainsi. Mais qu'ai-je donc vécu ? La soirée dans la véranda chez Bohrer me revient à l'esprit. La vaste plaine sombre, la voix solitaire, qui s'élevait là-bas et l'autre qui lui répondait. Ce n'était peut-être qu'un écho ? Nos prétendues expériences amoureuses ne sont peut-être que l'écho de nous-mêmes ? Peut-être en est-ce la formule ? Tout était pour le mieux donc, et ça m'était égal que cette Mme von Daahlen et ce M. von Spall vivent ensemble. Mon expérience de l'amour en sortait renforcée. Mais pourquoi cela faisait-il si mal ? Pourquoi cela laissait-il une douleur si horrible et si humiliante ?

Le matin commençait à poindre derrière les rideaux. Je réveillai Joseph et lui ordonnai de faire les malles. Je devais partir. J'irai sur la mer Baltique dans un village de pêcheurs. Tranquillement assis, les pieds dans le sable chaud, je contemplerai les vagues qui s'appellent et se répondent, s'assemblent et se dispersent. Ça me fera du bien. Pourquoi ? À cela aussi l'explication, je finirai bien par en trouver une.

DANS LA MÊME ÉDITION

Maisons du soir

Dumala

Princesses

Harmonie

Cœurs multicolores

Dans un coin tranquille

CHAMBON POCHE

Quim Monzo : *Gazoline*

Georg Büchner : *Lenz*

Adalbert Stifter : *Cristal de roche*

À paraître

Soledad Puertolas:
Le bandit doublement armé (janvier 1996)

Hans Magnus Enzensberger : *Mausolée*
(février 1996)

Achevé d'imprimer
le 30 octobre 1995
sur les presses de
l'Imprimerie A. Robert
116, bd de la Pomme
13011 Marseille

Dépôt légal : Novembre 1995